순광보다

역광이다

순광보다 역광이다

1판 1쇄 발행  2025년 4월 10일

지은이      송민석
사 진       송민석
발행인      이선우
펴낸곳      도서출판 선우미디어
            등록 | 1997. 8. 7 제305-2014-000020
            02643 서울시 동대문구 장한로 12길 40, 101동 203호
            ☎ 2272-3351, 3352 팩스: 2272-5540
            sunwoome@hanmail.net
            Printed in Korea ⓒ 2025. 송민석

18,000원

ISBN 978-89-5658-791-2 03810

사 진 이 있 는  에 세 이

# 순광보다
## 順光
# 역광이다
## 逆光

송민석 산수기념 칼럼·에세이집
傘壽

선우미디어
sunwoomedia

# 작가의 말

어려운 가정형편 탓에 대학 등록을 포기해야 했던 적이 있다. 그 후 바로 국가 공무원 시험에 합격하여 근무 중 입대하여 군 복무를 마치고 늦깎이로 대학을 졸업했다. 고등학교에 첫 발령을 받아 32년간의 학교생활을 마친 이후 이모작 인생길이었다.

퇴임 후 2년 임기의 '전남통일 교육센터' 대표 4년, 검찰청 형사조정위원 활동 10년, 대학 입학사정관 활동 7년 중에도, 틈틈이 중·고등학교 통일교육과 각종 사회단체 강연 활동을 병행했다. 무엇인가 이루어야 한다는 몸부림으로 숨 가쁘게 달려온 날들이었다. 그 결과 대통령 표창에 이어 학교장 퇴임 후 4년 만에 국민훈장 '석류장'을 수상하게 되었다.

그동안 20여 년 고정으로 광주일보 〈은펜칼럼〉에 기고했던 글들을 모아 산수기념 칼럼 에세이집 《순광보다 역광이다》을 출간한다. 내 젊은 날의 고뇌와 애환이 담겨 있는 수필 칼럼집이다. 인터넷 검색창에서 칼럼 제목을 검색하면 당시 신문에 투고했던 칼럼 원본을 볼 수 있다. 17년 전 정년퇴임기념 문집

《행복수업노트》에 이어 내가 직접 촬영한 사진과 함께 펴내는 두 번째 작품집이다.

'좋은 수필' 한 편을 발견하는 일은 곧 '좋은 인생'을 발견하는 일이나 다름없다고 한다. 기회가 있으면 물질 만능으로 치닫는 삶에서 마음의 평화와 향기를 주는 글, 맑음과 평온을 안겨주는 생명력 있는 수필 쓰기에 정진하고 싶다. 무딘 붓끝이지만 사람 사는 맛을 느낄 수 있는 진솔한 삶의 애환을 담아내는 그 길을 멈추지 않고 가고자 한다.

지난날들을 되돌아보면 아스라하기만 하다. 젊은 날 외딴섬에 발령을 받아 비좁은 단칸방에서 책 보따리를 채 풀지도 못하고 뒤척일 때, 아내의 격려 한마디가 큰 용기를 주었던 기억이 새롭다. 평생을 뒷바라지해 준 아내와 아들 사 형제에게도 고맙다는 말을 전하고 싶다.

2025년 봄

宋珉錫

# 차례

## 제4부 김 교사와 초보 교장

송민석 순광보다 역광이다

화엄사 홍매화(구례)

남원춘향제

매화 마을 가는 길(광양)

제 1 부

# 마음이 따뜻한 사람들

# 5월의 행복 나들이

5월이 오면 가슴이 설렌다.

매년 이맘때면 아내와 함께 나들잇길에 나선다. 오늘처럼 비가 그친 5월의 아침은 새롭게 단장한 새색시 같다. 제자들에게 줄 돌산갓김치를 싣고 고속도로를 달리면서 행복감에 젖는다. 비 온 뒤 산허리를 휘감은 안개가 한 폭의 동양화를 보는 듯하다. 고속도로 옆 흐드러지게 핀 아카시아꽃들도 박수를 보낸다. 아내와 함께 대화를 나누며 가는 길이 행복으로 넘친다.

제자들이 초청한 스승의 날 행사에 참석하기 위해 첫 부임지 학교에 가는 길이다. 33년 전 장성 읍내 모 고등학교에 신규 발령을 받았었다. 제자들에게 부담이 되지 않으려고 참석을 거부하는 아내를 설득하여 나이 50이 다 된 제자들을 만나러 가는 길이다. 제자들의 얼굴이 주마등처럼 떠오른다. 교직에서 첫 담임으로 열정만을 앞세워 시험 기간에는 일요일에도 등교하여 함께 공부하던 우리였다.

매년 스승의 날이 있는 5월이면 참석하는 연례행사다. 첫 담임을 맡았던 64명의 학생 중에서 40여 명의 제자와 20년 넘게 만나고 있다. 7년 전부터는 제자 부부가 함께 참석하게 되어 가족 한마당 잔치가 되었다. 가족이 모이면서부터 수도권과 전남지역을 번갈아 가면서 모임을 갖는다.

해마다 개최되는 사은회 겸 친목회인 셈이다. 3년 전 일요일에는 내가 교장으로 근무하는 여수에서 모임을 가졌다. 광주와 서울에서 관광버스 2대로 찾아온 제자들은 우리 학교 교직원들에게 나눠줄 푸짐한 선물까지 마련했다. 점심은 광주에서 공수해 온 뷔페식으로 체육관 너른 공간을 둥근 탁자로 장식하여 진한 감동을 주었다.

어느 해는 서울의 소공원에서, 어떤 해는 인천 연안 부둣가 운동장에서 부부 동반이 7년째 이어져 오고 있다. 전생에 보이지 않는 인연의 끈이 있는 것은 아닐까. 제자의 결혼식 주례를 서고, 그 이후 자연스럽게 지금까지도 한 가족으로 지내고 있으니 말이다.

수도권에서 만날 때는 우리 부부의 왕복 항공권에다 호텔 예약, 사은품까지 마련하느라 꽤 큰 비용이 든다. 올해는 장성 모교에서 모임을 하게 되어 새벽 6시에 서울에서 출발해 내려왔다고 한다. 진행 순서에 따라 꽃다발 및 기념품 증정, 담임 교사의 30분 특강을 마치고 기념 촬영을 하였다. 이어서 각자 부부가 함께 나와 자기 가정의 근황을 이야기한다. 사회생활을 해온 제자들의 다부진 모습들이 학교 때와는 사뭇 다르다. 점심을 먹고 난 뒤에는 서울과 전남팀으로 나눠 족구 경기를 하고 노래방 기계를 설치하여 가족 대항 노래자랑도 한다. 모두가 그 시절로 돌아가 정겨움이 넘친 시간이었다.

아울러 학창 시절 수북이 쌓인 추억거리들이 봇물 터지듯 터져 나왔다. 지각이나 결석을 하면 그날 중으로 가정방문을 강행하던 일, 종례 때 아침에 제시한 영어단어를 암기하지 못하면 벌을 받던 일 등은 해마다 이야깃거리의 단골 메뉴로 등장한다.

서울 제자들이 타고 온 전세 버스 기사도 도시에서만 자라 시골 출신들의 정겨운 모습을 보니 부럽다고 했다. 삭막한 도시에서 눈치 보며 경쟁하다 고향의 품 안에서 친구들과 느긋한 한바탕의 어울림은 새로운 활력소가 될 것이다.

지난 교직 생활을 되돌아볼 때, 철들면 떠나는 것이 인생이듯 교육의 본질이 무엇인지 알만 하자 퇴임하게 되었다. 벌써 정년퇴직한 지 1년이 다 되어 가니 세월이 빠르게 느껴진다.

천하의 인재를 얻어 교육하는 것을 맹자는 군자삼락(君子三樂)의 하나로 꼽았다. 천하를 다스릴 인재는 아닐지라도 평생 담임 교사를 믿고 따르는 제자들을 두었다는 것처럼 행복한 일이 또 있을까. 어떤 직장이 평생 이만한 보람을 느낄 수 있을까. 비록 교사의 길이 외롭고 험난한 가시밭길이었지만 숨차게 달려 온 날들이 헛되지 않고 보람이었음을 다시 한번 일깨워 준 하루였다.

(2009. 5. 17)

# 아버지의 자리

각종 면접에서 지원자를 파악할 수 있는 중요 자료가 '자기소개서'다. 인사 담당자는 바쁘다. 성의 없는 자기소개서를 찬찬히 검토할 여유가 없다. "저는 엄격한 아버지와 자상한 어머니 밑에서 자랐습니다." 입사 원서에 이런 내용을 쓰면 반드시 떨어진다는 마법의 문장이다.

나는 7년 동안 국립대학에서 입학사정관으로 활동했다. 면접관은 애매하고 추상적인 용어나 인터넷에서 떠도는 상투적인 표현이 나오면 표절부터 의심하게 된다. 취업 준비생의 최종 목표는 취업이다. 자기소개서의 추세조차 파악하지 못하는 지원자를 어디에 쓰겠는가. '엄격한 아버지와 자상한 어머니'로 시작하는 자기소개서는 쓰레기통으로 직행이다. 물론 엄격한 아버지와 자상한 어머니는 죄가 없다.

아버지의 헌신적인 사랑을 담은 소설 《가시고기》가 2000년 초 화제가 된 인기 도서였다. 백혈병에 걸려 죽음의 문턱까지 내몰린 어린 아들에 대한 시한부 인생을 산 부성애(父性愛)를 그린 눈물겨운 작품이다.

가시고기는 자식에 대한 아버지의 사랑이 강한 물고기다. 암 컷이 산란 후 죽고 나면 수컷은 그때부터 아무것도 먹지도 않 고 알 옆에서 보름 동안 지느러미를 계속 움직여 알에 맑은 산 소를 공급한다. 다른 물고기들이 가시고기의 알을 먹기 위해 침입하면 피투성이가 되도록 싸워 그들을 내쫓는다. 이렇게 사투를 벌이다 체력이 소모되면 가시고기 수컷은 새끼들이 있 는 쪽으로 머리를 향하고 일생을 마감하게 된다는 줄거리다. 초등학교 교과서에 소개된 가시고기의 육아일기는 이 시대 아 버지 부재를 고발하는 듯하여 깊은 감명을 주고 있다.

오늘날은 아버지 부재의 시대라 할 만큼 아버지의 역할에 관한 혼동과 갈등이 존재한다. 요즘 아이들이 생각하는 아버 지는 과연 어떤 모습일까. 아마도 '돈 벌어다 주는 사람' '눈뜨 기 전에 나가고 잠든 후에 들어오는 하숙생' 모습으로 비치고 있는 것은 아닐까. 이러다 보니 세상이 온통 어머니만 있고, 아 버지는 없는 세상이 되어버린 듯하다. 그나마 매달 연금을 받 는 아버지는 어느 정도 노후 생활을 즐길 수 있다. 그러나 그 것조차 시원치 않은 아버지는 나이 들수록 아내의 사랑을 받 는 애완견을 부러워할 정도라고 한다. 그렇다고 집안에 든든 한 울타리가 되었던 아버지의 자리를 내려놓고 쉽게 물러설 수도 없다. 그만큼 무겁고 어려운 자리가 아버지의 자리다.

농경시대부터 아버지는 삶의 경험을 전수하는 자상한 안내자였다. 아들은 아버지를 따라 파종하고 타작을 하는 등 농사 요령을 배웠다. 농경시대에는 장유유서(長幼有序)가 삶의 지혜였고 세상 질서였다. 그 시절에는 '아버지의 자리'라는 게 있었다. 한국의 전통적 온돌문화에서 아랫목은 아버지만의 공간이었다. 그 자리는 아버지의 권위로 상징돼 그 누구도 아랫목에 앉을 수가 없었다.

그러나 농경사회에서 산업사회로 바뀌면서 아버지들의 자리가 점차 사라져 가고 있다. 특히 디지털 시대가 되면서 변화 속도는 상상을 초월할 정도로 빠르게 변화하고 있다. 먼저 배웠다는 것이 반드시 경쟁력으로 이어지지 않는다는 점이다. 요즘 젊은이들은 자유시간 대부분을 인터넷과 함께 보내고 있다. 세상 누구와도 실시간 교류가 가능한 세상이 되었다. '아빠는 몰라도 돼'라는 자식들의 말투에 우울해하면서 골방으로 밀려나고 있는 건 아닐까.

아버지의 부재 현상이 확산하는 것은 바람직하지 않다. 가정의 균열은 곧 사회 붕괴로 이어질 수 있기 때문이다. '아이들은 아버지 등을 바라보면서 자란다'라는 말이 있다. 비행 청소년은 사실상 이런 아버지의 부재로 인한 심리적 방황을 겪고 있는 경우를 교육 현장에서 종종 볼 수 있다. 힘들 때나 기쁠 때나 언제든지 찾아가도 변함없이 맞아주는 고향의 느티나무 같은 존재가 아버지의 자리다.

(2022. 8. 24)

# 마음이 따뜻한 사람들

15년 전쯤이다. 화엄사 노고단·반야봉·천왕봉에 이르는
43.2km를 3박 4일간 지리산 종주를 마치고 시천면 중산리 쪽
으로 하산하였다.

땅거미가 질 무렵 진주에 도착했으나 순천행 버스가 방금
출발하고 난 뒤였다. 그때 나와 친구는 진주에서 숙박할 형편
이 못 되었다. 그곳 물정을 몰라 옆 사람에게 물었더니 택시를
타면 방금 출발한 버스를 잡을 수 있다고 알려주었다. 택시
를 찾았으나 보이지 않자 옆에 있던 건장한 체구의 50대 남자
가 팔을 걷어붙이고 자기 일처럼 요리조리 비집고 다니며 우리
와 함께 뛰었다. 그때 마침 정문을 나서는 남해행 버스를 발견
하고 부리나케 달려가 기사에게 순천행 마지막 버스를 잡아달
라고 부탁하는 것이었다. 그런 그에게 가슴이 찡하게 감동하였
다.

우리를 태운 남해행 젊은 버스 기사 역시 질박한 경상도 사

투리였지만 친절하기는 마찬가지였다. 앞차를 잡으려고 최선을 다하는 모습이 역력했다. 때로는 한적한 시골길을 속도도 무시한 채 질주도 하였다. 마침 곤양에 들렀다 나오는 순천행 버스와 마주치자, 전조등을 깜박거리며 신호를 보내 힘겹게 차를 잡아주었다. 가슴을 졸이며 1시간 정도를 달려 다행히 순천행 버스에 오를 수 있었다. 부랴부랴 진땀을 빼며 차를 잡아주면서도 젊은 기사는 우리에게 버스비도 받지 않았다. 고맙다는 인사에 당연히 할 일을 했다는 듯이 구김살 없는 얼굴로 미소를 지었다.

경상도에서 만난 두 분의 고마움을 지금도 잊을 수가 없다. 나는 지금까지 살아오면서 얼굴도 모르는 사람에게 내 일처럼 친절히 대해 주었던 적이 몇 번이나 있었는가를 생각해 보면 부끄러움이 앞선다.

이처럼 남의 어려움을 내 일처럼 친절을 베푸는 힘은 어디서 나오는 것일까. 지나온 나의 삶에 비추어 볼 때 자신감의 표현이 아닐까 싶다. 1960년 중반 고등학교를 졸업한 뒤 국가 공무원 시험에 합격했다. 첫 발령이 산림청 소속 '서울영림서' 관내였다. 대학 시험에 합격하고도 등록금 때문에 대학을 포기한 터라 패배 의식이 팽배해 있던 때였다. 첫 발령지에서 근무중, 번듯한 옷차림에 자가용을 타고 온 민원인에게는 주눅이 들어 과잉 친절을 베풀었고, 허름한 옷차림일 경우에는 불친절했던 지난 일을 생각하면 지금도 낯이 뜨겁다. 자신감이 부족해 누구에게나 친절할 수가 없었던 부끄러운 지난날의 자화상이다.

자신감이 넘칠 때는 누구에게나 친절할 수 있다. 전화도 없던 시절, 고등학교에 수석 합격한 학생이 시골집으로 향하는 완행버스 속에서 4시간 남짓 자리를 양보하며 서서 가면서도 지치지 않고 친절을 베풀 수 있었던 것은 바로 자신감이었다. 만원 시내버스에서 가방을 받아 주는 사람은 자신감에 넘치는 사람들이다. 내 코가 석 자인 사람은 누구에게도 눈길조차 주지 않는 것은 마음의 여유가 없기 때문이다. 그 후 사회생활을 하는 과정에서 나의 태도는 크게 바뀌어 갔다. 행정기관 민원실을 찾을 때마다 담당자가 불친절한 경우에도 좀 더 느긋할 수 있었다. 담당자의 불친절은 자기 열등의식에서 나온다는 것을 지난날 내 스스로 경험한 탓이다.

봉사 정신과 타인에 대한 배려는 선진 국민의 1등 덕목이다. 미국에서 공부하고 온 사람의 이야기다. 저물녘 고속도로에서 차가 고장 나 옷을 벗어 흔들며 1시간가량 구원을 요청하였다. 그때 지나가던 낯선 흑인 노동자가 40km 남짓 달려가서 고장 난 자동차 부속품을 사다 주어 위기를 모면할 수 있었다는 이야기였다. 선진국일수록 이웃에 대한 배려와 봉사 정신이 투철함이 큰 감동으로 와 닿는다.

타산적일수록 질병에 잘 걸리고, 남에게 베풀기를 좋아하는 이타적인 사람은 병에 잘 걸리지 않는다고 한다. 내 주변에 높은 울타리를 치고 '우리'라고 부르는 친밀한 관계에 한정하지는 않았는지 지난 삶을 되돌아본다. 지금도 오랜 세월이 흘렀지만, 진주를 지날 때면 옛일이 떠올라 마음이 따뜻해진다.

(2009. 4. 5)

제1부 마음이 따뜻한 사람들

국동 어항단지(여수)

돌산대교 야경(여수)

# 가정방문과 통닭

초임 교사의 4월은 늘 고행의 달이었다. 담임의 역할 중 가장 힘든 것이 가정방문이 아닌가 싶다.

도회지에서야 교육열이 강한 학부모가 알아서 챙겨서 한때 '어머니의 정보력, 아버지의 무관심, 할아버지의 재력'이란 말이 유행한 적이 있다.

그러나 농촌은 다르다. 가정형편도 어렵고 학부모의 낮은 학력 수준과 무관심 속에 아이들이 방치되고 있는 시골 학교일수록 가정방문은 필요한 담임의 업무 중 하나다.

학생들에게 도움을 줄 수 있는 것이 무엇인가를 찾고자 1970년대 읍 단위 고등학교에 첫 발령을 받은 후 시작한 가정 방문이었다. 학교가 안정되는 3월 중순부터 우리 반 가정방문이 시작된다. 이 기간에는 신들린 사람처럼 토요일, 일요일에도 매일 학생을 찾아 나섰다. 그래야만 4월이 끝날 무렵이면 60여 명의 가정방문을 모두 마칠 수 있었기 때문이다.

농촌의 4월은 농번기의 시작이다. 학부모가 일 나가고 빈집이 더 많아서 우선 학생의 공부방부터 살피는 게 순서다. 일요일 시골길에 식당은커녕 가게도 없어서 점심을 거르기 일쑤였다. 70년대는 자동차도 흔치 않던 시절이다. 버스에서 내려 일요일 종일 먼지를 뒤집어쓰면서 강행한 고난의 행군과 같은 4월이 지나고 나면 우리 반 학생들이 한눈에 쏙 들어왔다.

신출내기 고등학교 교사 시절이었다. 토요일 오후 학생과 함께한 가정방문 길에 지인의 사망 소식을 접하고 가정방문을 취소할 수밖에 없었다. 그 후 이틀이 지난 월요일 수업이 끝난 후 다시 그 학생의 집을 찾아 나서게 되었다. 학생과 함께 엉덩방아를 찧어가며 덜컹거리는 시골 버스에서 내려 가쁜 숨을 몰아쉬며 두 시간 남짓 비탈진 산길을 올랐다. 그러고 보니 듬성듬성 대여섯 채의 작은 마을이 나타났다. 양철 갓을 씌운 싸릿대로 만든 사립문을 열고 들어서자, 구멍이 숭숭 뚫린 초가 마루에 오후 햇살이 가득했다.

나이 지긋한 어머니는 텃밭에서 일하다 말고 담임을 보자 당황한 표정이 역력했다. 학부모의 속사정을 한참 지나서야 알 수 있었다. 토요일 교사의 가정방문 이야기는 들었으나 설마 했다고 한다. 지금까지 중학교나 고등학교 교사가 가정방문을 온 적이 없는 오지마을이었기 때문이다. 그러나 우리 선생님은 남다르다는 막내아들의 성화에 못 이겨 닭을 한 마리를 잡아

두었다고 한다.

토요일 오후까지 기다리던 가정방문이 없자 그 삶은 닭을 우물 속 두레박 깊숙이 매달아 두었단다. 냉장고가 귀한 시절 음식이 상하지 않게 하는 보관 방법의 하나가 우물 안 보관이었다. 일요일이 지나고 월요일 한낮이 지나 닭이 상할까 걱정이 되어 이웃과 함께 나눠 먹고 난 후에 담임이 나타난 것이다. 안절부절못하는 어머니의 자식 사랑이 깊은 감동으로 밀려왔다. 자식을 위해 겸연쩍어하는 어머니의 모습을 보면서 나는 말문이 막혔다. 그저 학생 손을 꼭 잡아줄 뿐이었다.

자신은 굶어도 자식을 위해 등이 굽도록 헌신하다가 일생을 마치는 우리의 부모님들이 아닌가. 춥고 배고픈 시절에도 자식 교육에 열과 성을 다하였기에 오늘의 대한민국이 가능했다고 본다. 해방과 6·25의 격변기에도 허리끈을 졸라매면서 자식 교육열만큼은 세계 1위를 차지하는 희생적인 우리 부모님들이다.

그날, 오후 늦게 두메산골 가정방문을 마치고 굽이굽이 산등성을 걸어 내려와, 면 소재지에 도착해 보니 장성 읍내로 나가는 마지막 버스는 이미 떠나고 없었다. 어쩔 수 없이 먼 길이지만 택시를 타고 늦은 밤 광주 집에 도착했다. 그러나 담임으로서 할 일을 다 했다는 자부심과 뿌듯함으로 가슴 벅찬 하루였다.

통닭 열 마리를 대접받은 것보다 더 고운 마음씨를 가진 어머니를 만날 수 있었던 것은 내 생애 큰 보람이었다. 오래도록 지워지지 않는 아름다움으로 간직하고 싶다. 알량한 상품권을 넣어주고 교사의 동정이나 살피는 도회지의 얄팍한 학부모들에 비해 얼마나 순수하고 소박한가. 갈수록 인정이 메말라가는 세태에도 초임 교사 시절 그날의 가정방문을 생각하면 지금도 신선한 충격으로 다가온다.

(2021. 6. 16)

제1부 마음이 따뜻한 사람들

# 칭찬은 고래도 춤추게 한다

"교장선생님 참 미남이십니다."

교장실 앞 복도 청소 중이던 중학교 1학년 학생이 교장실 문을 나서는 내게 불쑥 말을 건넸다.

"그래? 너도 참 미남이구나."

갑작스러운 일이라서 엉겁결에 나온 내 대답에 "봐라, 역시 미남은 미남을 알아보지 않니?"라며 그 학생이 친구들에게 의기양양하게 큰 소리로 말하였다.

그날 나는 복도 청소를 하는 어린 학생들을 보면서 많은 것을 생각했다. 교장에게도 서슴없이 의사 표현을 하는 학생들의 야무진 태도가 과거와는 사뭇 달랐다. 인간은 누구나 자기를 나타내고 싶은 욕구가 있다. 특히 친구나 이웃으로부터 인정받고 싶은 욕구가 강하다.

교육은 학생을 인정해 주는 데서 출발해야 한다고 본다. 학생을 먼저 이해하고, 장점을 찾아 칭찬하는 것이 중요하다. 인정의 말 한마디가 한 사람의 인생을 크게 좌우할 수도 있기 때문이다.

나는 어려서 사람들 앞에 나서기를 주저할 정도로 내성적이었다. 초등학교 때 등 떠밀려 학급 대표로 교내 웅변대회에 나갔다. 두근거리는 가슴으로 널찍한 운동장 구령대 위에 섰다. 상은 받지 못했으나 그때 청중을 휘어잡는 힘이 있다는 선생님의 칭찬 한마디가 살아오면서 다부진 꿈을 갖게 해 주었다.

어린 학생들도 인정받고자 하는 욕구가 강한데 성인들이야 오죽하겠는가. 한 번은 허름한 옷차림의 노파가 아는체하며 춘란을 팔기 위해 교장실에 들렀다. 할머니에게 잠시 쉬라며 차 한 잔을 권했더니 젊은 교장을 칭찬하면서 밝은 표정을 지었다. 사람은 누구나 보이지는 않지만 '나는 인정받고 싶습니다.'라는 목걸이를 매고 사는 것이 아닐까 싶다. 상대방을 대할 때 건성이 아닌 '인정의 목걸이'를 의식하면서 대화한다면 더 멋진 세상이 될 것이다.

해마다 새로 인사 발령을 받는 선생님들에게 "함께 근무할 기회를 주어 고맙습니다."라고 문자 메시지를 학교장이 먼저 보낸다. 그러면 모두가 하나같이 열심히 하겠다는 다짐을 부임도 하기 전부터 해왔다. 그리고 부임하는 첫날 교문 통에 선생님들의 이름을 크게 써 붙이고 환영하는 것도 잊지 않았다.

특정 직원과 거리감을 느낄 때는 그분의 장점을 찾아 문자를 보내기도 한다.

'이 선생님, 3교시 열정적인 수업 감사합니다.'

'김 주사님 더운 날씨에 교문 통 언덕배기 제초 작업하느라 수고 많았습니다.'

교내 행사 뒤에도 반드시 수고한 분들에게 고맙다는 문자를 보내곤 하였다. 그러고 나면 모두가 힘을 얻어 열심히 하는 것을 볼 수가 있었다.

'칭찬은 고래도 춤추게 한다'는 말이 있다. 고래뿐만 아니다. 사람도 칭찬과 격려를 통해 신바람이 나면 많은 에너지가 발생한다. 그러나 우리 사회는 칭찬에 너무 인색하다. 예로부터 체면이나 형식을 중요시하는 유교문화에 길든 탓은 아닐까 싶다. 어려서부터 칭찬을 받고 자란 사람이 칭찬도 잘할 수 있듯이 습관화되지 않으면 칭찬하는 일이 낯간지럽고 쑥스러운 일일 수도 있다.

차츰 나이 들어가면서 칭찬 감각이 점차 무디어져 가는 듯하다. 이는 이웃을 배려하지 않고 이기적인 삶을 살고 있다는 방증이 아닐까 싶다.

나도 대학을 갓 졸업하고 젊은 혈기에 하늘 높은 줄 모르고 덤벙대던 지난날도 있었다. 잘한 일을 찾아내어 칭찬해 주는 '고래 반응'은 커녕 무관심으로 일관하다가 작은 잘못에도 화를 냈던 지난날들이 부끄럽기만 하다.

상대를 소중한 존재로 인정해 주다 보면 마음이 풍요로워지고 매력적인 사람이 될 수 있다. 우리 모두 칭찬 연습을 하며 살았으면 한다. 세상에서 가장 중요한 사람은 지금 만나고 있는 사람이라고 한다. 너나없이 상대방의 장점을 찾아 칭찬해 주는 살맛 나는 세상이 그립다.

(2009. 4. 12)

다시마 건조장 I

다시마 건조장 .Ⅱ

# 국화 옆에서

고등학교에 근무할 때다. 마당이 너른 고향 집에서 5년간 부모님 모시고 살았다.

퇴근하여 집 안에 들어설 때마다 국화 분에 가 닿는 시선은 이젠 습관이 되었다. 며칠 전 내린 비 때문인지 기온이 뚝 떨어져 제법 소슬바람이 겨울로 치달을 듯한 오후, 지역 교육자 대회를 마치고 일찍 집에 돌아와 보니 지난여름 내내 가꾸어 온 국화 분 한 개가 보이지 않았다. 그윽한 향기와 함께 20여 개의 국화 분들이 저마다 아름다운 자태를 뽐내며 탐스럽게 피어나 보는 이마다 부러워해 오던 터였다. 대문을 들어서자마자 화분 한 개가 없어진 걸 어떻게 알 수 있었느냐며 의아해하는 눈빛으로 집사람이 물었다. 직감으로 아버지께서 경로당에 가지고 가셨음을 알았다.

한여름 땡볕 아래서 거름을 주고, 순을 따주며, 받침대를 세우느라 화분마다 무언의 대화가 통하는 듯 무척 애착이 가는 국화 분들이다. 봄부터 일요일이면 국화 분을 가꾸느라 비지땀을 흘리며 정성을 쏟은 것을 누구보다도 잘 아는 당신이시다. 차마 말씀은 못 하시고 당신이 당장으로 계시는 경로당에 갖다 놓으시고, 친구분들께 자식의 꽃 가꾸는 솜씨 자랑을 하셨을지도 모른다는 생각이 들자 송구스러운 마음뿐이다. 국화 분을 어르신들이 계시는 경로당에 먼저 보내드리지 못한 부끄러움이 가득했다.

하루의 일과 중, 국화 분에 물을 주는 시간이 빼놓을 수 없는 즐거움의 하나다. 예부터 꽃을 사랑하는 사람치고 악인이 없다는 말이 있지만, 그중에서도 국화에 특별한 관심을 두게 된 것은 첫 발령지 고등학교에 근무할 때였다. 온실에서 국화 꺾꽂이 묘목 몇 그루를 얻어다 가꾸기 시작하면서 처음으로 국화 재배에 관한 책들을 사들여 책장을 넘기며 취미 삼아 화분 재배에 탐닉하게 되었다.

은은하면서도 독특한 향기와 함께 한여름을 모두 보내고, 조락의 계절인 가을에 와서야 비로소 피어나는 국화가 좋았다. 10월부터 서리 내리는 겨울 길목 내내 부화뇌동하지 않고 과장하지 않는 선비의 기질을 나타내는 듯하다.

국화가 여름에 피지 않고 늦가을에 홀로 피는 것은 다른 꽃들과 경쟁하거나 다투기를 싫어하기 때문이 아닐까. 세상이 시끄럽고 소란스러울수록 산천에 숨어서 고고히 글을 읽던 우리

선조들의 넋이 꽃송이마다 스며 있는 듯 고결함을 느낄 수 있다.

'국화야, 너는 어이 삼월 춘풍 다 지내고 낙목한천(落木寒天)에 너 홀로 피었는다…'라고 노래한 조선 후기의 문인이 아니더라도 세상일에 초연하여 어쩌면 처절한 데가 있는 듯한 국화를 보고 있노라면 서릿발이 심한 추위 속에서도 굴하지 않고 꼿꼿하다는 오상고절(傲霜孤節)의 옛 선비를 대하는 것 같아 경건해진다. 요즘은 권력과 시류에 따라 의리도 체면도 헌신짝처럼 버리는 세태가 아닌가. 이따금 국화처럼, 차가운 서릿발 속에서도 홀로 자기를 불태우며 살아가는 분들을 볼 때마다 옷깃을 여미고 우러르게 된다.

미당 서정주님이 노래한 한 송이 국화꽃은 바로 이러한 꽃이었을까. 과연 봄부터 울던 소쩍새는 국화꽃 한 송이를 피우기 위해서였을까. 아닐지도 모른다. 소쩍새는 제가 울고 싶어서 울었을 것이고, 천둥도 마찬가지였을 것이다. 단지 이러한 무관한 만물의 자연 현상 사이에서 서로를 연결하는 끈을 발견하는 것이 시인의 눈이 아닐까 싶다. 그러나 미당은 국화가 지닌 가장 오묘한 뜻, 즉 지조나 신념에 대해서는 별말이 없고, 그저 인생사의 단면인 누님의 이미지만을 강조하고 있는 것이 끝내 아쉬울 뿐이다.

이제 하루가 다르게 가을이 깊어만 간다. 남들이 모두 떠날

때 혼자 남아 있는 사람처럼, 겨울의 문턱에 선 국화를 보며
다시 한번 큰 깨달음을 얻게 됨을 감사한다. 고고한 기품과
지조를 지키는 국화처럼 언제나 나를 새롭게 하여 한 점 부끄
럼이 없는 사랑과 긍지로 제자 앞에 서겠다는 다짐을 해본다.

(2008. 10. 2)

# 우리들의 부끄러운 자화상

학교를 정년하고 나서 3월부터 매주 수요일 기차여행을 한다. 새마을호를 타고 2시간 남짓 걸리는 여수–전주 간을 오가고 있다. 열차를 이용하면 직접 차를 운전하는 것보다 마음의 여유를 가질 수 있어 좋다. 열차 카페에 앉아 커피 향과 함께 아름다운 섬진강 물길을 따라 사색에 잠기는 행복을 만끽할 수 있다. 일상에서 벗어나 조용히 책을 읽으며 가는 재미도 쏠쏠하다.

새마을호 열차를 탈 때 옆자리의 파트너를 걱정하지 않아도 되는 '자유석'이란 제도가 있다는 것을 뒤늦게 알았다. 열차표를 살 때 '자유석'을 달라고 하면 된다. 5호 차에 한 해 10% 할인에 차 내에서는 자기 마음에 드는 자리를 골라 앉을 수 있는 매력적인 제도다. 옆 좌석이 소란스럽거나 출입문 옆자리에 앉지 않아도 되기 때문이다. 그러나 승객이 넘치는 주말에는 오히려 '지정석'보다 불편할 수도 있다.

요즘 전라선에는 한여름 휴가 분위기가 물씬 풍기는 임시열차가 한 편 늘었다. 지리산을 등반한 피서객들이 반바지 차림에 무거운 배낭을 메고 열차 칸을 가득 메운다. 열차에 오르자마자 의자를 잔뜩 뒤로 제치고 곤한 잠에 빠지는 경우가 대부분이다. 그러나 주위를 전혀 의식하지 않고 온갖 수다와 소란으로 귓전이 따가울 때도 있다. 해외여행 중에 유독 한국인들의 목소리가 크다는 것을 실감했던 일들이 새삼 떠오른다.

온 가족이 함께 떠나는 피서 길은 더 시끌벅적하다. 아이들은 제집 안방처럼 열차 통로에서 달리기하거나 뜀뛰기하는 등 막무가내다. 주위를 아랑곳하지 않고 오랫동안 휴대전화를 주고받아 눈살을 찌푸리게 하는 사람도 보게 된다. 별의별 시시콜콜한 남의 개인사를 들어야 하는 간접 통화의 고통은 간접흡연 만큼이나 고통스럽다.

'2012 여수세계박람회'를 앞두고 여수시에서 자체적으로 '내가 먼저, 퍼스트' 운동을 전개한 적이 있다. 시민 모두가 상대방의 입장을 먼저 생각하고 양보, 친절, 질서에 앞장서자는 여수시 범시민 운동이었다. 사납금 때문이라 둘러대지만, 간혹 지각없는 택시 기사들을 볼 수 있었다. 정지선에 서 있는 내 차 앞으로 '내가 먼저, 퍼스트'라고 캠페인 문구를 새긴 택시가 난데없이 파고들어 신호가 채 바뀌기도 전에 쏜살같이 내달릴 때면 떨떠름한 기분이 된다.

거리의 모습은 선진국과 거의 다를 바 없으나 부끄러움을 모르는 행동들이 우리 삶의 천박함을 그대로 드러내는 것 같아 안타깝기만 하다. 물질문명에 걸맞은 정신문화가 아직 뒷받침되지 않은 탓이다. 선진 시민의식 운운하면서도 아직도 피난길, 배고프던 시절의 행동들이 그대로 남아 있음을 여기저기서 볼 수 있다. 잘 가꾸어진 공원 벤치나 후미진 골목길에 버려진 쓰레기 더미를 볼 때 낯이 뜨겁다.

아파트 거실에 앉아 있으면 남해안의 탁 트인 풍광이 한눈에 들어온다. 화창한 날이면 소호동 앞바다 '가막만'의 올망졸망한 섬들이 둥둥 떠다니는 풍광이 일품이다. 그러나 가끔은 이웃에 대한 배려가 부족함을 보고 놀라게 된다. 아파트 위층 이불이 우리 집 베란다 시야를 가릴 때 마음이 무거워지곤 한다. 모두가 우리의 부끄러운 자화상이다.

이웃에 대한 존중과 배려가 부족한 사회는 후진 사회다. 세계 10위권 경제 대국이자, 대학 진학률이 가장 높다는 우리나라에서 타인에 대한 배려가 부족하다는 것은 아이러니가 아닐 수 없다. 다른 사람을 피곤하게 하지 않는 사회, 상대를 배려하고 존중하는 사회가 되었으면 한다. 나보다 우리를 생각하는 사회가 성숙한 사회다. '운전할 때 가족 생각, 주차할 때 이웃 생각'이란 말이 곱씹을수록 가슴에 와닿는 하루다.

(2009. 7. 31)

송민석 순광보다 역광이다

# 장수 시대 위기의 부부

퇴임 후 아내와 갈등으로 고통받는 지인의 이야기다. 지난겨울 90이 넘은 노모가 계시는 시골길을 버스에서 내려 눈보라를 헤치며 20여 리를 혼자 걸어 다녀오느라 한기가 들어 집에 돌아와 안방에 누워 있었다고 한다. 그런데 "꼴도 보기 싫으니 당장 노인복지관에 가서 문 닫는 시간까지 있다가 오라."는 아내의 투정에 못 이겨 복지관에서 어정거리며 오후 한나절을 보냈다는 이야기였다. 이렇듯 일찍이 일본에서 유행했던 그 '은퇴 남편 증후군'이 우리 곁에도 이미 와 있음을 본다.

'은퇴 남편 증후군'이란 1990년대 초 일본에서 생겨난 이름이다. 은퇴한 남편 때문에 아내가 스트레스를 받으면서 몸이 아프고 신경이 예민해지는 증상을 말한다. 60~70년대 고도성장 시대 일벌레였던 일본의 남편들이 은퇴와 동시에 이혼을 당하기 시작한다. 당시 퇴직 후 아내를 졸졸 따르는 남편을 '비에 젖은 낙엽'에 비유했다. 빗자루로 쓸려고 해도 쓸리지 않는 귀찮은 존재에 빗댄 말이다.

시도 때도 없이 '당신이 없으면 제발 좋겠다.'라며 황혼이혼을 채근하는 아내의 푸념 소리를 듣고 사는 지인을 생각하면 KBS TV 다큐멘터리 '동물의 왕국'이 떠오른다. 표범이나 하이에나처럼 적으로부터 평생 무리를 보호하던 풍채 좋던 수사자는 늙고 힘이 빠지면서 젊은 수컷에게 자리를 내어주고 쫓겨난다. 사냥할 힘도 없는 수사자는 혼자 헤매다 결국 죽고 만다. 늘그막에 버림받는 남편들이 그 꼴이 아닐까.

일 중심으로 살았던 사람일수록 은퇴 후 겪는 혼란의 정도는 더욱 커진다고 한다. '일 놓자, 숨 놓는다.'라는 말이 있다. 은퇴 후 1년 사이에 건강이 급격히 나빠지는 사람들을 흔히 본다. 남자가 노후에 행복한 삶을 살려면 첫째 마누라, 둘째 아내, 셋째 부인이 있어야 한다는 우스갯소리도 있다. 여자 중심으로 살지 않으면 편안한 노후를 보장할 수 없다는 소리처럼 들린다.

《2014 사법연감》에 따르면 황혼 이혼율이 신혼 이혼율을 앞지른 것으로 나온다. 새로 결혼하는 사람은 줄어드는데 황혼이혼이 늘어났기 때문이다. 미래에 받게 될 퇴직금과 퇴직연금까지도 이혼 시 재산분할 대상이 된다는 판례까지 나온 현실이다. 젊었을 때는 남자의 기세가 등등할 수도 있으나 아이들이자라면서 엄마 편을 들고 남자는 은퇴가 가까워 기세가 꺾이면 바로 전세가 역전된다. 이것이 바로 황혼이혼의 종착점이다.

장수 시대를 어떻게 살아야 할까. 평균수명이 짧던 시절에는 황혼이혼이란 생각지도 못했다. 이혼이란 부부관계에서 누적된 갈등의 결과임은 분명하다. 그러나 최근에 황혼이혼의 증가 원인 중의 하나가 '100세 시대' 수명 연장의 결과에 기인한 바 크다고 본다. 장수 만세가 장수 재앙이 되는 현실이 매우 곤혹스럽고 혼란스럽기만 하다.

'노후를 따뜻하게 지내려면 젊은 시절에 난로를 만들어 놓아야 한다.'라는 독일 속담이 와닿는 요즘이다. 젊어서 자식 키우는 데만 열중했지, 부부간 결속과 사랑을 다지는 데는 소홀히 해온 결과가 아닐까 싶다.

요즘 일본에서는 사후(死後) 이혼까지 증가하고 있다. 이는 시부모 간병이나 부양책임에서 벗어나려는 목적이 크다고 한다. 우리는 아직 사후 이혼 신청이 법적으로 불가능하다. 그렇다고 일본의 사후 이혼을 강 건너 불 보듯 할 일은 아닌 것 같다.

사막에서 차가 빠져나오려면 타이어의 바람을 빼듯 부부 갈등의 사막에서 나오려면 남자의 자존심이라는 바람부터 빼야 한다. 남자가 먼저 과거의 권위와 아집을 내려놓고, 부부가 공평해지는 것에서부터 장수 시대 부부 갈등의 해결책을 찾아야 할 것이다.

(2015. 4. 29)

# 추석, 희망의 보름달을 띄우자

추석에 보름달을 보면서 소원을 비는 풍속은 옛 선조 때부터 이어져 왔다. 고대사회에서 어두운 밤은 두려움의 대상이었기에 환한 대보름달은 고마움의 대상이었다. 보름달의 둥근 모습이 햇곡식 햇과일을 닮았다고 해 우리 조상들은 보름달을 생명의 상징으로 여기기도 했다.

민족의 최대 명절 추석이 다가오고 있다. 태풍도 비껴가고 과일을 영글게 하는 뜨거운 가을 햇살이 오지게 쏟아지는 가운데 아침 저녁 상쾌한 바람과 함께 가을 들녘이 넉넉해지고 있다.

추석은 점점이 흩어져 살던 가족이 고생길을 뚫고 한자리에 모여 온기를 느껴보는 좋은 기회다. 고향의 넉넉한 인심을 느끼며 희망을 그릴 수 있어 '고생길'로 상징되는 민족의 대이동이 올해도 어김없이 펼쳐질 것이다.

추석을 통하여 오랜만에 온 가족이 모여 사랑과 정을 나누고 조상의 음덕에 감사하는 것은 일상에 지친 우리에게 큰 위로와 힘을 더해 준다. 어려운 때일수록 가족 사랑은 세상을 살아가는 큰 힘이 된다. 온 식구가 한데 모여 앉아 송편 빚던 단란한 모습을 되살리는 가운데 고향의 훈훈한 인심과 맑은 공기와 함께 자신을 돌아보며 재충전하는 날이다. 날로 우리의 정체성과 공동체의 결속이 약화하여 가는 요즘 친척 간 결속도 다지고 전통의 규범을 배워 흐트러져 가는 자신을 성찰하는 계기가 되어야 할 것이다.

그러나 일부 부유층에선 추석 연휴 동안 골프채를 들고 해외로 나가는가 하면, 차례를 지내지 않고 휴양지를 찾아 가족끼리 연휴를 즐기는 가정이 점차 늘어나고 있다. 차례 없이 연휴를 즐기려는 문화가 날로 확산하고 있다. 이러다간 5천 년 동안 면면히 이어 내려오는 우리의 정체성이 훼손되지 않을까 두렵기만 하다. 콘도에 가서라도 추석 상차림을 부탁하여 절하는 사람들은 그나마 다행인 편이다. 우리의 전통 떡 역시 언제부턴가 편의주의에 밀려 주부 솜씨로 빚어내는 떡은 점차 사라져가고 있다.

일반 서민들은 추석 명절이 힘들고 부담스러운 것이 사실이다. 숨이 막힐 정도로 국제유가가 오르고 경제 불안까지 겹쳐 서민들의 고단한 생활의 주름살은 더욱 깊어지고 있다. 우리 사회가 빈익빈 부익부의 극심한 양극화 현상으로 인한 사회병리 현상이 두드러지고 있다. 경제성장의 그늘에서 희망을 잃고 힘없이 주저앉아 있는 어려운 이웃은 없는지 주위를 살펴보았으면 한다. 어려운 경제 사정으로 얄팍해진 지갑 탓에 귀향길 빈손이 허전해 마치 죄지은 사람처럼 민망해하거나 아예 몇 년째 귀성조차 포기하는 사람도 있음을 잊지 말자.

어려운 이웃을 찾아 보살핌의 정을 나누는 추석 명절이 되었으면 하는 마음 간절하다. 서로 돕는 가운데 공동체 생활을 매우 중하게 여기던 우리 조상들이 아닌가. 평소 살림살이가 어렵더라도 마음과 정이 통하면 그래도 견딜만하다고 했다. 어려운 때일수록 서로를 위로하고 격려하는 일이 중요하다. 이리저리 갈라진 마음을 달래고, 어려운 이웃도 돌아보며 다독여주는 기회가 바로 추석이다. 소외되고 불우한 이웃들이 외롭고 서러운 추석이 되지 않도록 사회지도층부터 솔선수범하여 어려운 이웃부터 살펴보자.

훈훈한 인정을 통하여 우울한 추석을 날려버리고 마음이 풍요로워지는 추석을 보내자. 하늘에 두둥실 떠오른 보름달처럼 환한 미소를 띠고 넉넉한 마음으로 연휴를 보내고, 희망과 용기를 마음에 가득 담아 다시 생활 현장에 돌아올 수 있는 그런 추석이 되었으면 한다.

(2005. 9. 12)

# 인지도와 지지도

선거철이다. 그것도 가장 많은 후보가 난립하는 지방선거에
다 교육감 선거까지 치러진다. 출마하고자 하는 예비후보들은
온 동네 경조사를 다 찾아가는 것은 물론 동네의 궂은일도
마다하지 않는다 이때가 되면 한몫 챙기려는 집단들이 우후죽
순처럼 생겨난다. 요즘처럼 여론조사 기관과 점집이 문전성시
를 이룰 때도 없을 성싶다.

여기저기서 봇물 터지듯 쏟아져 나오는 여론조사 중에 지역
교육감 선거에 관한 여론조사 결과는 조사기관에 따라 엄청
난 차이를 보인다. 특히 광주·전남 교육감 여론조사가 들쭉날
쭉해 과연 믿을 만한가라는 의문이 든다. 민심의 거울이라는
여론조사가 오히려 지역민들을 혼란스럽게 하고 있다. 교육 관
련 종사자도 잘 모르는 인물이 1위를 하는가 하면 조사기관이
바뀌면 최하위에 맴도는 등 조사기관마다 터무니없는 차이를
보이니 누가 믿겠는가.

자동으로 전화를 걸어 녹음된 음성을 들려주는 ARS 조사 응답률이 고작 5% 정도다. 마지못해 응답한 이 중에서도 '잘 모르겠다'라는 비율이 절반을 넘는 경우도 많다고 한다. 대충 대답하거나 한 번이라도 들은 적이 있는 사람을 택할 수밖에 없다. 본 선거에 들어가기도 전에 이런 엉터리 여론조사를 발표해 놓고, 그 판세를 투표일까지 고착화시키려는 것은 아닌지 걱정이 앞선다.

휴대전화가 아닌 일반전화를 대상으로 하는 여론조사에서 낮에 집에 있는 노약자나 주부들이 조사에 응하게 되는 경우가 대부분이다. 표본이라는 것은 각계각층의 다양한 의견을 수렴해야 하는데, 현실적인 한계가 바로 이 점이다. 그러니 표본 대상은 어느 한쪽으로 편중될 수밖에 없다. 여론이란 말의 어원이 '민중의 소리는 신의 소리'라는 로마의 격언에서 유래되었다고 하나 그 의미가 무색하기만 하다.

일부 여론조사의 경우 수사와 고발을 당하는 등 전국적으로 공정성 시비가 끊이지 않고 있다. 모 일간지 대표는 지방선거 여론조사 결과를 특정 후보에게 유리하게 해 주는 대가로 금품을 수수하여 검찰에 긴급 체포된 바 있다. '여론조작은 표 도둑질'이나 다름없다.

여론조사는 민심을 알아보는 참고 자료에 불과하다. 대부분의 언론사는 여론조사에 근거한 기사를 쓰며 표본오차를 무

송민석 순광보다 역광이다

시하고 순위 매기기를 한다. 어느 후보가 단 1%라도 앞서면 그냥 앞섰다고 보도한다. 경마식 보도가 잘 먹히기 때문이다.

정확한 여론조사란 시간과 비용이 들더라도 연령별 후보들의 지지도, 남자와 여자, 화이트칼라와 블루칼라, 직장인과 농어민 간의 여론 추이 등이 어떤지도 알아봐야 할 것이다. 여론조사를 보는 안목 역시 조사 문항과 표본추출, 응답률 등을 꼼꼼히 살펴야 한다.

다음으로 인지도에만 의존하는 여론조사는 문제가 많다는 점이다. 알고 있다는 것과 좋아한다는 것이 일치하지 않으며 애매모호할 때가 많다. 아무리 조사를 잘해도 널리 알려진 전직 단체장과 아직 잘 모르는 새로운 후보 중에서 누구를 지지하겠느냐는 여론조사를 하게 되면 당연히 단체장이 1등을 할 수밖에 없다. 그것은 지지도가 아니라 인지도다. 이름과 얼굴이 잘 알려진 전임자가 기득권을 행사함으로써 새로운 바람을 일으킬 참신한 신인의 등장을 어렵게 하고 있다.

인지도가 높은 만큼 지지율도 높을 거라 착각하기 쉽다. 선거란 '될 사람'보다 '되어야 할 사람'을 뽑아야 한다. 기득권자가 가진 인지도를 지지도라고 우기는 일은 더 이상 있어선 안될 일이다.

(2010. 5. 5)

다시마 건조장 Ⅲ

1

어촌의 하루

# 성공의 기회가 보장되는 나라

"흰 우유를 마시고 목욕 수건으로 얼굴을 힘껏 문질러 봤어요. 그렇게라도 하면 하얗게 되는 줄 알고…" 피부색이 검은 다문화가정 자녀의 이야기다.

우리나라 전체 결혼의 10% 이상이 국제결혼이며, 농촌 총각의 40%가 외국인 여자와 결혼하고 있어 다문화가정은 피할 수 없는 추세로 자리 잡아가고 있다.

미래 사회의 특징 중의 하나가 다문화사회다. 앨빈 토플러는 《부의 미래》에서 느린 속도로 변화를 방해하고 있는 현재의 교육체제를 비판한 바 있다. 그의 지적이 아니더라도 다문화가정 자녀들이 하루빨리 우리 사회에 적응할 수 있도록 도와줄 수 있는 교육제도 개선이 시급하다. 미래 사회가 필요로 하는 인재는 나와 다름을 인정하고 수용하는 자세를 가진 사람이다.

1990년대 이후로 점차 국제결혼이 늘어나면서 한국 사회는 다문화가정을 이룬 사회로 접어들었다. 주로 아시아 여성들이 한국인 남성과 결혼하여 한국 사회에 편입되는 형태로 다문화 가정이 형성되고 있다. 우리 사회는 1990년대 중·후반을 기점으로, 다문화사회로 접어들기 시작했다. 이는 세계화에 따라 인구의 국가 간 이동이 활발해지면서 나타나는 현상이기도 하지만, 한국에서는 주로 혼인 적령기를 놓친 농촌 지역의 미혼 남성 위주로 국제결혼이 이뤄지고 있기 때문이다.

국내에 결혼 이민자만도 11만 명으로 이들 다문화가정의 자녀들이 1만 명에 이른다. 따라서 우리 농촌에서 외국 며느리들이 차지하는 역할과 비중이 점차 커질 수밖에 없다. 특히 고령화되어 가고 있는 농촌의 현실에서 다문화가정이 맡을 사회적 역할은 매우 크다. 아기 울음소리가 끊긴 지 오래된 시골 마을 어르신들에게 살갑게 공동 손자의 웃음을 선사하는 소중한 역할을 하고 있다. 폐교 직전인 농촌학교에 새롭게 동요 소리가 울려 퍼질 수 있길 바라는 마음 간절하다. 그러나 우리 사회는 오랫동안 집성촌 중심의 유교적 전통 때문에 이들에게 선뜻 자리를 내어주는 데 주저하고 있음도 사실이다.

이제 단일민족만이 우리가 추구하는 최고의 가치는 아니다. 대한민국을 자신의 나라로 선택한 이들을 아끼고 껴안아야 할 때다. 이들 자녀가 학교생활에서 따돌림을 당하고 사회 적응에 문제가 있다면 이는 곧 대한민국의 불행이며 손실일 수밖에 없다. 한국계 미국인 축구선수 '하인즈 워드'와 같은 성공한 혼혈인들만 대접받는 사회가 아니라, 성공하지 못한 혼혈인들도 '우리 사람'으로 대우받는 사회가 되어야 한다.

해외 우리 교민이 7백만 명에 이를 정도로 세계인이 모두 한 울타리 안에서 공존하는 국제화 시대가 되었다. 우리는 과거 어려운 시절 하와이, 멕시코의 사탕수수 농장 노동자와 러시아와 연해주를 떠도는 고려인들도 이주 외국인들과 같은 처지였음을 잊지 말자. 특히 동남 아시아인들에 대한 편견의 틀을 깨지 않고선 경제 대국도 허황한 꿈에 불과하다. 힘없는 소수자를 존중하고 배려하는 사회가 참다운 민주사회다.

온 세계가 '오바마' 열풍이다. 혼혈아로 태어나 아랍어로 '축복받은'이란 의미를 지닌 '버락'이라는 이름을 물려받았지만, 결코 평탄할 수 없었던 그의 삶이었다. 뿌리 깊은 흑백 차별 관습에도 불구하고 그를 길러낸 어머니와 외조모, 그의 천재성을 놓치지 않은 미국의 교육제도, 그리고 그를 대통령으로까지 뽑아준 미국인들의 용기와 결단은 역시 한 수 위였다.

다문화가정 이주 여성이 한국 사회의 구성원으로서 가정을 꾸리고 사회에 통합될 수 있으려면 사회적, 문화적 적응에 관심과 노력이 절실하다. 우리도 오바마 대통령처럼 재능 있는 다문화가정 자녀들이 배움의 기회를 놓치지 않도록 적극적인 정책으로 성공모델을 만들어 줄 수 있을 때 진정한 선진국이 될 수 있을 것이다.

(2008. 11.19)

# 휴대전화에 코를 박고 사는 사회

아침이면 지구 반대편에서 보내온 카톡 소리에 눈을 뜬다. 손녀 사진이 도착한 것이다. 이어서 영상통화를 하며 일과를 시작한다. 서울 손자보다 외국에 사는 손녀가 더 가까이 있는 듯하다. 새삼 인터넷과 소셜미디어를 통해 수많은 사람과 연결돼 소통하는 '초연결 사회'임을 실감한다.

스마트폰이 없는 삶을 상상할 수 없는 시대다. 그야말로 스마트폰의 진화와 발전이 일상의 풍경까지 바꿔놓고 있다. 명절이면 친척끼리 모여 덕담하거나 윷놀이로 시간을 보내던 모습은 사라진 지 오래다. 그 자리를 스마트폰이 대신한다. 세 살짜리 손자도 스마트폰 영상을 보며 좋아한다.

구텐베르크의 인쇄술이 종교개혁과 프랑스혁명에서처럼 삶에 커다란 변화를 불러왔듯이 인터넷과 휴대전화가 온통 세상의 모습을 바꿔놓았다. 식탁에서도 핸드폰을 옆에 두어야 마음이 놓이는 세상이다. 디지털 기기 없이는 하루도 살아갈 수 없는 게 현대인의 삶이 되었다. 출퇴근 대중교통 안에서도, 카페에 마주 앉은 직장 동료도, 한집에 사는 가족끼리도 각자 스마트폰을 들여다보는 순간 철저히 분리된 다른 공간을 사는 사람들이 되고 만다. 이처럼 소셜미디어가 단숨에 인간의 필수품이 된 건 우연이 아니다. 필요한 정보를 쉽고 빠르게 검색할 수 있고, 인간의 시공간을 무한대로 확장하고 상상을 초월한 정보의 생산과 유통의 편리성 때문이다. 유튜브와 같은 네트워크를 통해 다양한 사회적 접촉과 스토리텔링으로 인간들의 체취를 공유할 수도 있다.

마이클 해리슨 교수는 10대들이 휴대전화에 코를 박고 있는 걸 보면 "서로 이를 잡아주는 원숭이"가 떠오른다고 했다. 승강기 안에서 인사는커녕 들어서자마자 휴대전화부터 꺼낸다. 운전하다 보면 건널목 신호등이 바뀌었는데도 휴대전화에 눈이 팔려 차 오는 줄도 모르고 길을 건너는 젊은이도 종종 본다.

무엇보다 두드러진 변화는 스마트폰의 확산에 따라 의사소통 양식이 달라지고 있다는 점이다. 컴퓨터 게임과 같은 과도한 사이버 미디어의 사용으로 대인관계에 불편을 느끼거나 주변인들과의 소통에 있어서 어려움을 호소하는 청소년이 늘어나고 있다. 소외감에서 벗어나기 위해 스마트폰에 더 몰입하는 성향을 보인 탓이다.

소통을 위한 소셜미디어가 오히려 외부와 불통하는 '갈라파고스'가 될 수 있다. 너나없이 SNS상에서 친구는 넘쳐나는데 실제로 얼굴을 마주하고 마음을 나눌 진짜 친구는 갈수록 줄어들고 있다. 풍요 속의 빈곤이랄까. 아는 사람이 늘수록 되레 외로움은 커지는 역설의 시대다. 언제 연락이 끊겨도 딱히 섭섭해하지 않을 얕고 넓은 친구 맺기에 연연할 뿐이다.

검증받지 않은 정보가 쉽게 복사되어 확산하고 있다. 인간은 자신의 신념과 일치하는 정보는 받아들이고, 신념과 다른 정보는 외면하는 경향을 보인다. 보고 싶은 것만 보고, 듣고 싶은 것만 들으며 자기 확신을 더욱 강화하는 '확증 편향'의 문제다. 통신망에서 '퍼옴' 혹은 '보내온 글'이 넘친다. 정보의 홍수 속에 진실 여부를 묻지 않고 단톡방을 통해 '유언비어'를 달고 사는 디지털 소외계층 60, 70대 노인들이 넘쳐나는 것도 그 한 예일 것이다.

'국가인권위원회'의 중·고교 휴대전화 사용 제한 완화 권고 이후 초등학교를 포함한 중·고등학교에서 스마트폰에 빠진 학생들로 몸살을 앓고 있다고 한다. 최근 세계보건기구(WHO)가 '게임중독'을 질병으로 등록했다. 스마트폰 등 인터넷 이용 시간 증가가 정신건강에 미치는 부정적인 영향 탓이다. 따라서 형식적인 스마트폰 중독 예방 교육이 아닌 사용 시간과 공간을 계획적으로 제한하는 학교 교육이 절실한 때가 바로 지금이다.

(2019. 6. 26)

제1부 마음이 따뜻한 사람들

# 통일비용과 분단비용

   지난 8월, 천안함 사태 이후 팽팽한 긴장감이 도는 판문점에 다녀왔다. 전남통일 교육센터 주관으로 전남지역 사회지도층 인사들과 함께한 행사였다. 원래 '널문리'라는 작은 마을이 휴전협정 당시 판문점으로 바뀌면서 냉전 이데올로기가 충돌하는 태풍의 눈이 된 곳이다.

   올해가 6·25전쟁 60년, 한일 강제 병합 100년이라는 점이 분단 현장을 찾는 모두를 숙연하게 했다. 비무장 지대 능선을 따라 동족상잔의 처절했던 흔적과 상처들을 울창한 숲과 들이 감싸면서 치유되는 현장을 보았다. 10일 동안 주인이 열두 번이나 바뀌는 대혈전으로 높이가 1m 이상 낮아진 백마고지와 같은 생채기들이 곳곳에 널려있는 곳이 바로 휴전선이다.

   1953년 정전협정이 체결되던 7월 하순의 무더운 여름날, 휴전선을 따라 총성은 그쳤지만, 휴전선 곳곳에서 죽어간 국군의 외마디 소리가 들리는 듯하다. 그들의 비명 속엔 죽음으로 지켜낸 '나의 조국'이 있었다. 벌써 우리는 그 외마디에 담긴 조국의 절실함을 잊고 있는 것은 아닐까.

우리 국민의 90% 이상이 분단 이후 세대다. 이들은 대부분 민주화 이후 세대로 전쟁을 경험하지 못한 세대들이다. 경제적 풍요 속에서 성장기를 보내 개인주의, 물질주의에 익숙해져 통일에 따른 비용과 고통 분담을 꺼리는 성향이 높다. 나아가 통일문제에 대한 무관심 역시 기성세대와는 사뭇 다르다.

개성공단과 개성이 빤히 내려다보이는 도라전망대와 임진강과 한강이 만나는 오두산 통일전망대에서 바라본 북녘땅은 민둥산이었다. 나무 전봇대를 몰래 베어 땔 정도로 식량난 못지않게 땔감 난이 시급한 곳이 북한이다. 난방과 취사로 인한 북한의 산림 파괴가 만성 식량난을 악화시키고 있다. 헐벗은 산으로 인한 기후변화가 남쪽까지 그 영향을 미치게 될 것이 뻔하다. 통일의 그날 북녘땅 산림 녹화사업이 무엇보다도 중요한 이유다.

현재 세계라는 관중석에서 한반도를 볼 때 북한은 헐벗고 굶주리는 최빈국의 하나인 것에 비해 한국은 세계 금융위기 극복 과정에서 큰 몫을 하는 G20 정상회의 의장국으로 등장했다. 지금 북한은 세계 160위 최빈국이라는 사실을 숨기고 '공화국은 행복한 인민들이 사는 지상낙원'이라는 통 큰 거짓말을 하고 있다.

천안함 사태 이후 대북정책을 둘러싸고 격화되는 남남갈등
이 심각하다. 우리 사회의 보수와 진보 지향성을 반영하기보다
엘리트 집단의 이익 다툼, 세력 싸움 성격이 다분하다. 지나친
남남갈등은 남북 화해에도 역행하는 결과를 초래함은 물론이
다. 더 이상 진보와 보수, 좌와 우의 대립이 국가와 민족의 이
익을 넘어서는 안 된다. 사회지도층 인사들이 국론결집에 앞장
서지는 못할망정 불신과 갈등을 부추겨서는 안 될 일이다.

최근 거론되는 '통일세' 역시 논란이 뜨겁다. 분단비용의 대
표적인 것이 국방비 지출이다. 남북 모두 통일의 그날까지 매
년 막대한 군사비 지출이 바로 분단비용이다. 통일비용이란
통일 후 북한의 기반 시설 구축과 경제발전 지원에 필요한 비
용이다. 분명한 것은 통일비용이 분단비용보다 적게 들고, 통
일은 비용보다 편익이 훨씬 크다는 점을 강조하고자 한다.

통일은 국가와 민족의 문제일 뿐 아니라 국민 모두에게 선택
의 자유와 기회의 확대를 가져다주게 된다. 따라서 통일은 특
정 세력이나 특정 집단의 것이 아닌 사회 구성원 모두의 책임
이다. 통일의 과정에서 발생할 혼란과 비용은 모든 국민이 참
고 견디어 내야 할 문제다.

뉴욕에 본부를 둔 미국의 금융지주회사인 '골드만삭스'는 통
일한국의 경제발전은 통일 30년 후 독일을 추월할 것으로 전
망하고 있다. 지구촌 무한 경쟁시대에 부존자원이 부족한 우

리가 살아남기 위해서는 반드시 통일국가를 이루어야 한다.
통일은 국제화 시대 우리 민족의 생존과 번영의 필수조건이다.

(2010. 9. 3)

제 1 부 마음이 따뜻한 사람들

여자만 일몰(여수)

# 비우면서 사는 인생

# 비우면서 사는 인생

오랜만에 서재 정리를 하게 되었다. 누렇게 바랜 책 냄새를 역겨워하는 아내의 성화에 못 이겨서다. 그렇지 않아도 언젠가는 정리해야겠다고 생각하고 있던 터라 이번이 기회다 싶었다.

그런데 쉽게 생각했던 것이 얼마나 힘든 일인지 뒤늦게 깨닫게 되었다. 어떤 책을 버려야 하는가. 언젠가 그 책이 다시 필요해지는 것은 아닐까. 저자가 직접 사인까지 하여 정성껏 보내준 책들을 쉽게 버릴 수가 있겠느냐는 생각이 앞섰다.

이사 때마다 책을 버린다고 버려왔는데도 아직 방안이 가득하다. 『월간문학』과 『한국수필』을 비롯한 각종 월간지와 회원들의 작품집, 행사 때마다 사용했던 통일 관련 책자들로 넘쳐난다. 평소 서가에 들여놓지 못한 책들은 바닥에 두기 마련이다. 얼마 안 가 방바닥 여기저기 책이 쌓여간다. 청소 때마다 아내의 따가운 눈총을 견뎌야 했다.

한우충동(汗牛充棟)이란 말이 있다. 수레를 끄는 소가 땀을 흘리고, 대들보까지 닿을 정도로 책이 많음을 이른 말이다. 책이 많아 높이 쌓아두지만 쓸모없는 책이 많다는 의미일 수도 있다. 서재를 정리하다 보니 몇 년 동안 거들떠보지도 않거나 버려도 될 만한 책이 줄잡아 500여 권이 넘는다.

오래된 상자 하나를 열었더니 정말 가관이다. 초등학교 시절 일기장에서부터 월남 참전 메모장, 초임 교사 시절 수업준비물 등 메케한 냄새와 함께 다양한 것들이 쏟아져 나온다. 꼼꼼한 성격에 수집벽이 강한 탓이다. 혹시나 하여 버리지 못한 것들이다. 하지만 역시 다시 읽을 기회가 없어 상자 속에 잠들어 있던 것들이 아닌가.

서재 한편에 버려질 책들, 구매 장소와 일자가 적힌 것을 보면 한 권 한 권 이런저런 사연들이 가득하다. 차곡차곡 추억들을 밖으로 내어놓는다. 《새 세대의 진로》란 책은 가난에 찌들어 배고픈 고교 시절, 1960년대 초 감명 깊은 책 중의 하나다. 각계 명사들이 젊은이에게 주는 주옥같은 교훈이었다. 모두 내가 살아온 일생의 발자취라 생각하니 감회가 새롭다. 이런 것들이 오늘의 나를 만들었지 않았나 싶다.

그동안 책을 정리하는 과정에서 생긴 일화도 여러 가지다. 평소에 내가 투고했던 글이 실린 신문과 잡지를 따로 소중히 모아둔 상자 하나가 있었다. 10여 년 전 전근 길, 이삿짐을 싸는 과정에서 아내가 실수로 그 상자를 쓰레기통에 버린 것이다. 이틀이 지난 후에야 버린 것을 알고 발을 동동 구른 적이 있었다.

한 번은 지금 사는 아파트로 이사 오던 날이다. 누군가에게 도움이 되었으면 하고 전집류를 아파트 입구에 가지런히 놓아두었다. 그날 저녁 나이 지긋한 은퇴한 목사님이 책에서 나온 것이라며 만 원짜리 지폐 10장을 가지고 물어물어 찾아온 기억도 새롭다.

책 정리 과정에서 필요한 책을 다시 발견한 기쁨도 있었지만, 이런 걸 왜 싸안고 있었을까 싶은 책도 많았다. 당장 필요 없는 책 중에서도 폐기할 것과 아름다운 가게에 기증할 책으로 구분했다. 교육에 관한 책들은 고등학교 교사인 며느리에게 주려고 따로 묶어두었다. 이렇게 정리하다 보니 바닥까지 책으로 빼곡하던 방이 개운해졌다. 진종일 땀을 흘린 보람이었다.

쓸모없는 물건을 버리는 것이 낭비가 아니라 계속 보관하고 있는 것이 낭비라고 하지 않던가. 서재란 학식과 사유의 깊이를 과시하는 장소가 아니다. 돌이켜보면 읽지도 않는 제법 그럴듯한 책들을 잔뜩 쌓아놓고 이사할 때마다 큰 고생을 했던 지난 일들이 어리석기 짝이 없다.

말끔해진 서가를 보니 좀 더 일찍 정리를 해야 했을 것을 하는 후회가 밀려왔다. 버리지 못하고 붙들고 있었던 것은 결국 욕심이었다. 가뿐한 마음으로 책을 버리고 나니 욕심도 사라

졌다. 그 공간에 마음의 여유가 생겨난 것이다. 인생이란 비우
면서 살아가야 한다는 것을 깨닫는 하루였다.

(2015. 8. 19)

# 순광보다 역광이다

사진은 '빛을 찍는 작업'이다. 재작년 대학평생교육원 사진반에 등록하였다. 평소에 해보고 싶었던 것을 정년퇴직한 지 4년 만에 행동으로 옮긴 것이다.

아내 눈치를 살피며 값비싼 카메라를 샀으나 워낙 기계치인데다가 자동카메라 셔터만 눌러대던 주제에 사진 관련 용어들부터 낯설기만 하였다. 아직도 달력의 표지 사진을 흉내 내어 풍경 사진을 찍는 수준이다. 작품 사진에서 '인간 냄새'가 나는 이야기가 있는 사진을 강조하는 것과는 사뭇 거리가 멀다.

젊은 시절 해외여행에서 찍은 사진들을 보면 하나같이 정면에 인물을 배치한 사진들이다. 한 발짝이라도 중앙에서 벗어나면 안 되는 것으로 여긴 탓이다. 사진은 해를 등지고 찍어야 한다고 귀가 닳도록 들어왔기에 역광을 의식적으로 피했다. 그러나 사진을 배우면서 내 상식은 여지없이 무너졌다. 잘 찍는 고수들은 순광보다는 오히려 역광이나 측광에서 멋진 빛의 예술을 만나고 있었다.

사진은 빛을 읽을 줄 알아야 한다는 조언을 듣고서 정면보다는 측면으로 비켜서는 것이 자연스럽다는 것을 터득해 가는 중이다. 가을 단풍은 역광이나 측광에서 입체감이 살아남을 체험을 통해 깨닫게 되면서부터다. 이렇듯 가급적 순광을 피하고 빛의 방향을 달리하면 느낌이 다르다는 것을 깨닫고 있다.

대인관계도 마찬가지가 아닐까 싶다. 직장에서 업무적인 만남보다 퇴근 후 취미활동이나 찻집에서 만날 때 그 사람의 참모습을 발견하는 수가 더 많지 않던가. 20여 년 전 시내 고등학교 근무할 때 말썽을 부렸던 제자 네 명이 담임 교사를 찾아왔다. 지금은 사업으로 성공한 50대에 접어든 제자들이었다. 융숭한 대접과 함께 기념품까지 전해주는 걸 받아 들고 오는 길에 어깨가 무겁게 내려앉던 기억이 새롭다. 지난날 교단에서 성적에 치우쳐 학생들을 평가하지 않았나 하는 자책감 때문이었다. 학창 시절의 담임을 찾는 학생들을 보면 명문대학에 진학하거나 재학 당시 모범생들이 찾아온 기억은 별로 없다.

살아온 지난날을 되돌아보면, 지나치게 공식적인 대면 중심으로 상대방을 재단해 온 것 같아 아쉬움이 남는다. 특히 젊은 날 대인관계에서 그 사람의 내면보다는 출신학교나 경력 등 겉모습에 치중하여 평가했던 기억들로 부끄러움이 앞선다.

대학에서 입학사정관으로 7년 동안 평가와 면접에 참여해 오면서 해가 갈수록 제한된 짧은 시간에 학생을 제대로 평가하기란 어렵다는 것을 실감했던 적이 있다. 성적이나 자기소개서를 먼저 보고 선입감에 사로잡혀 수험생을 평가해서는 안 된다. 그래서 대기업에서 신입사원 채용할 때 단순 면접만으로 부족하여 합숙 면접에 참여시키고 있다고 본다.

직장에서도 업무적인 만남보다는 퇴근 후 카페에서 그 사람의 참모습을 발견하는 경우가 더 많지 않았던가. 1970년대는 직장마다 두 명씩 조를 이루어 숙직하던 시절이다. 직원들과 돌아가면서 숙직하다 보면 반년쯤 지나고 나면 6~70명의 직원 모두의 성격 파악이 되어 더 가깝게 지냈던 것도 이런 측면 평가의 덕이 아니었던가. 밤잠을 자지 않고 규정대로 순찰하는 동료, 바둑을 좋아하던 동료, 심하게 코를 골던 동료들을 생각하면 그 옛날 그 시절이 그립기도 하다.

이렇듯 세상만사는 정면에서만 보지 않고, 한 발짝 비켜서 각도를 달리하면 달리 보인다는 사실을 퇴임 후에야 새삼 깨닫게 되었다. 빛의 조화를 고려하여 멋진 사진 작품 활동을 하듯 남은 날들은 공식적인 접촉이나 겉모습으로 사람을 평가하지 말아야겠다는 다짐을 해본다. 이제부터라도 편견에 사로잡히지 않고 상대방이 가진 내면의 아름다움까지도 볼 수 있는 새로운 인간관계를 갖고 싶다.

(2014. 01. 01)

# 추석에는 스마트폰을 잠시 꺼두자

소식이 끊긴 지 15년쯤 지난 옛 직장 동료에게서 문자 메시지가 왔다. 부친상을 당했다는 소식이었다. 변명을 허용하지 않는 휴대전화의 완벽한 연결성에 놀랐다. 휴대전화가 전화번호라는 강력한 '접착제'로 모든 사람을 붙잡고 있다. 이처럼 자신과 타인을 완벽하게 연결하는 사회를 마누엘 카스텔은 '네트워크 사회'라고 불렀다.

미국조사기관에 의하면 우리나라 스마트폰 보급률 세계 1위라고 한다. 스마트폰 종주국인 미국은 10위 안에도 끼지 못한다. 이처럼 스마트폰과 쇼셜 미디어의 발달로 사람들은 페이스북이나 트위터 등으로 연결된 촘촘한 사회적 그물망 안에서 살고 있다. 일거수일투족이 공개되는 유리알 같은 투명한 사회로 빠르게 진행되어 가고 있다.

나는 서울에 가면 지하철을 이용하게 된다. 빈자리가 날 때까지 서 있노라면 자리에 앉은 젊은 사람들은 모두 스마트폰을 들여다보느라 여념이 없다. 어떤 사람은 음악을 듣고, 어떤 사람은 인터넷을 검색하고, 어떤 사람은 문자를 주고받는다. 내릴 때까지 모두가 스마트폰에서 눈을 떼지 않는다. 대단한 집중력이기도 하지만 전자기기의 예속이 아닐 수 없다. 요즘 지하철에 앵벌이들이 보이지 않는다. 스마트폰 때문이라는 우스갯소리가 있다. 구걸도 눈이 마주쳐야 하는 데 사람들이 폰만 들여다보니 이해가 될 만하다.

이렇듯 혼을 쏙 빼놓은 스마트폰은 도대체 우리에게 무엇일까? 핸드폰이 스마트폰으로 진화하면서 어른이나 아이 할 것 없이 아주 영악하게도 사람을 옭아매고 있음을 본다. 지하철이나 버스에서 스마트폰을 하지 않으면 왠지 따분하고, 실시간으로 들어오는 이슈들을 모르면 아무 생각 없는 사람처럼 취급받는 묘한 기분이 드는 것은 왜일까?

요즘 사람들은 아침에 눈 뜨자마자 가장 먼저 스마트폰을 찾고, 화장실 갈 때나, 밥 먹을 때도 손에서 놓지 않는다. 지하철에서도, 갈아타기 위해 계단을 오를 때도 스마트폰을 들여다본다. 스마트폰을 멀리 놔뒀을 때 초조함을 느낄 경우 '스마트폰 중독'을 의심해 봐야 한다는 게 전문가들의 조언이다.

젊은이들일수록 어디서나 스마트폰을 통해 자신들의 사생활과 관련된 내용을 다른 사람들과 나누기를 원한다. 그 과정에서 SNS가 어느 순간부터 자신을 과시하는 수단으로 바꿔어

가고 있다. 스마트폰이 일반화되면서 생긴 새로운 문화다.

스마트폰이 등장하면서 그동안 우리 사회에서 비교적 엄격히 구분됐던 공공장소와 사적 장소의 경계가 허물어져 가고 있음을 본다. 그에 따라 자신도 모르는 사이에 개인정보가 공개되어 부담감을 호소하기도 한다. 유명 축구선수가 페이스북에 올린 글 때문에 구설수에 오른 것을 보았다. 이렇듯 친절함과 편리성을 자랑하는 사회관계망서비스(SNS)에 피로감을 느끼는 사람이 점차 늘어나고 있다.

정보의 홍수 속에서 자칫 우리는 스마트폰의 주인이자 노예일 수 있다. 주인으로 쭉 남으려면 자각의 시간이 필요하다. 스마트폰 들여다보느라 충혈된 눈을 잠시 붙일 새도 있어야 하지 않을까 싶다. 시간을 정해놓고 정기적으로 탈출을 시도해 보자. 예전에 '잠시 휴대전화를 꺼두셔도 좋습니다.'라는 광고처럼 일주일에 하루쯤 서랍에 넣어두고 살았으면 한다.

영국 속담에 '느리게 사는 것이 잘 사는 것'이란 말이 있다. 민족의 대명절 추석이다. 성묫길을 다녀오고, 친인척을 만나는 하루만이라도 스마트폰 없는 세상에서 살기를 권하고 싶다. 이어폰을 뽑고 대자연의 숨소리를 들으며 보름달과 함께 못다한 이야기꽃을 피워보면 어떨까.

(2013. 9. 18)

제 2부 비우면서 사는 인생

# 교사 분발 없이 교권 없다

'스승의 그림자도 밟지 말라.'는 말이 있다. 그런데 날이 갈수록 교권은 추락하고, 교사들은 교직에 대한 자부심과 권위를 잃어가고 있다. 첫 교장으로 승진하여 중학교에 와 보니 남학생들이 의외로 후배들을 괴롭히는 일들이 많았다. 그러다 보니 교사가 학부모들로부터 수모를 당하는 일도 있었다.

교사의 권위가 바로 서려면 교권이 바로 서야 한다. 교권을 떠받쳐 주는 것이 바로 학부모다. 교직은 학부모의 신뢰를 먹고 자란다. 교사가 학부모와 학생에게 신뢰를 잃으면 교권도 없고 교직도 없다고 본다. 신뢰는 강요한다고 해서 생기는 것이 아니다. 신뢰는 살아 움직이는 유기체와 같아서 상호 간 배려와 존중으로부터 나온다.

이제 학교도 달라져야 한다. 시대의 변화에 따라가지 못하고 여전히 관료적 사고방식과 구태의연한 교육방식에 머물러 있다면 공교육은 개선될 수 없다. 교직의 권위를 회복하려면 우선 교사는 학부모와의 면담과 대화에 자신감을 가져야 한다. 학부모들과 상호 공감 속에 이야기를 주고받을 때 비로소 신뢰 회복이 가능하다.

선생님을 불신하는 풍토 속에서 교육은 제대로 이루어질 수 없다. 학교에서는 열린 마음으로 학생과 학부모의 이야기에 귀 기울이는 자세가 필요하다. 교장이나 교사 할 것 없이 메일이나 전화를 통하여 학부모와 자주 대화를 나눠야 한다. 학부모의 교사에 대한 신뢰 정도를 살펴봤을 때 교사와의 전화, 문자, 상담 등 교사와 직접 소통이 많은 학부모일수록 교사에 대한 신뢰도가 높은 것으로 나타나고 있다.

학생들에게 교사의 권위를 얻는 방법은 부단히 연구하고 또 가르치는 방식부터 바꾸어야 한다. 칠판과 교과서에 의존하며 주입식 수업을 해온 교사 위주의 일제식 수업에서 과감히 벗어나야 한다. 학생들의 요구수준과 눈높이에 맞게 가르칠 때 비로소 교사들은 학생들로부터 인정을 받을 수 있다. 그래야만 비로소 교사는 학생들과 인간적인 의사소통을 할 수 있으며, 교육의 본질에 맞는 교육활동이 이뤄질 수 있다고 본다. 교사의 권위나 신뢰는 웅변으로 얻어내는 것이 아니다.

정년 퇴임을 앞둔 어느 교사의 고백이다.

"수업은 '내가 절대'라는 착각에 경솔과 독단으로 반성 과정 없이 일방적으로 군림만 한 것 같습니다. 젊어서는 '선생님' 소리에 하늘 높은 줄 모르고 교만으로 덤벙대다가, 나이 들어선 요령과 타성으로 어영부영 시간만 때운 것 같아 부끄럽습니다."

교실 수업 붕괴 원인은 달라도 해결책의 하나가 바로 교실 수업 개선에 있다고 본다. 이 수업 개선이야말로 교사가 평생 고민해야 할 과제 중의 하나다. 교원 평가 논란을 떠나 당장 설문지를 통해 자신의 수업 반응을 검증해 보길 바란다. 뜻밖에 충격적이면서도 유익한 반성자료를 얻게 될 것이다. 또 자기 수업 장면을 녹화하여 동료 교사들의 조언을 구하는 것이 바로 수업의 질을 높이는 방법의 하나다.

지나친 사교육으로 인해 학교 교육에 대한 흥미를 떨어뜨리고 있는 것은 아닐까. 교사에 대한 불신이 조기유학을 부추기는 면이 있다. 교육 불안감을 해소하고 사교육비 세계 1위의 오명에서 하루속히 벗어나야 한다.

좋은 교육은 훌륭한 교사가 존재할 때 가능하다. 또한 교육이 바로 서야 나라가 발전할 수 있음도 주지의 사실이다. 교원단체들도 집단이기주의나 기득권 지키기에서 탈피하지 못한다면 존립 자체를 위협받을 수 있다.

이제 초심으로 돌아가 현실을 직시하고 교권과 공교육을 제자리에 돌려놓는 일에 우리 모두 힘을 모아야 할 때임을 잊지 말자.

(2006. 12. 18)

송민석 순광보다 역광이다

# 대학 가지 않아도 행복한 세상

MBC 창사 50주년 특집 다큐멘터리 〈남극의 눈물〉에서 황
제펭귄의 이야기가 나온다. 황제펭귄의 자식 사랑은 유별나다.
혹한 추위를 뚫고 태어난 생명체를 지키기 위한 부모의 사랑
이 전파를 타면서 시청자들의 심금을 울렸다.

황제펭귄은 남극의 얼음 위에서 짝짓기한 후 암컷이 알을
낳아 수컷에게 넘긴다. 혹한에 알이 얼음에 닿으면 금방 얼어
붙기에 수컷은 알을 발 위로 조심스레 받아 자신의 배로 덮어
부화시킨다. 알을 낳아 넘겨준 암컷이 바다를 향해 100km가
넘는 먼 길을 뒤뚱거리며 갔다 오는 동안 수컷은 두 달 동안
아무것도 먹지 못한 채 굶주린다. 알을 품은 아빠 펭귄들은
서로의 체온을 의지해 가며 영하 50도의 추위와 강풍을 견뎌
내야 한다. 암컷이 새끼에게 줄 먹이를 배 속에 가득 채워 돌
아오면 다음은 수컷이 행군할 차례다. 이런 식의 반복으로 황
제펭귄 부부는 연간 230일가량을 오직 자식 하나를 위해 극

한의 어려움을 이겨낸다고 한다.

한국의 부모들도 황제펭귄 못지않다. 해마다 입시 철이 되면 대학입시 설명회장은 학부모들로 자리다툼의 각축장이 된다. 입시 전략을 설명하는 학원 강사의 설명을 한마디라도 놓칠세라 금과옥조처럼 받아 적기에 바쁘다. 대학입시가 초·중등교육을 왜곡시키고, 대학을 향한 우리 사회 구성원들의 질주가 고장 난 브레이크처럼 위험수위를 넘은 지 오래건만, 교육의 본질을 회복하기 위한 사회적 합의는 요원하기만 하다.

우리는 남을 의식하는 문화가 유난스럽다. 서울 강남에서는 과시적 영유아 사교육이 요란하다고 한다. 영어유치원은 교육비와 교재비로 월 100만 원 내외, 5세 이하 유아가 다니는 놀이학교는 영어와 발레, 수학과 요리 등을 가르치는 지도력 수업비로 월 130만 원의 받는다고 한다. 이런 곳에서 내 아이만은 최고로 해주고 싶은 '벤츠 유모차' 심리가 사치성 사교육의 악순환을 부추기고 있다.

자녀를 외국인 학교에 입학시키기 위해 브로커에게 돈을 주고 외국 국적을 취득한 학부모들이 무더기로 적발되었다. 재벌그룹, 변호사, 병원장 등 사회지도층과 부유층들이 다수 포함돼 있다고 한다. 일류대학의 진학 여부가 자식 농사의 성패로 여기는 우리의 현실에서 부모들은 비장의 정보를 활용하여 자녀를 명문대학에 보내기 위한 '매니저'로 전락하고 있다.

외국인들이 부러워하는 우리나라 교육의 실상이 국민 행복과는 거리가 멀다. 한국의 교육열이란 대학입시에 대한 열기에서 비롯한다고 본다. 좋은 대학에 보내는 것이 교육열의 알파요 오메가다. 우리나라 대학 진학률이 80%를 넘어 세계 1위다. 국민소득이 6만 불로 우리의 3배인 선진 강국 스위스의 대학 진학률 20%와 비교하면 기현상이 아닐 수 없다. 대학이라는 간판이 없으면 성공할 수 없다는 인식이 문제다. 우리 사회의 뿌리 깊은 학벌주의에 따른 폐단이다. 우리나라 박사학위 소지자 4명 중 1명이 실업자라는 것도 이와 같은 맥락이다.

선진국일수록 대학을 나오지 않아도 학력에 따른 소득 격차가 크지 않으니 당연히 진학률이 낮을 수밖에 없다. 한국의 높은 대학 진학률은 그만큼 사회적 차별과 소득 격차가 크다는 현실 반영이다. 대학을 가지 않아도 행복한 세상이 되어야 한다. 불황과 빈곤에 빠진 브라질을 세계 8위로 성장시킨 룰라 대통령은 초등학교 중퇴자 출신이다.

눈덩이처럼 불어만 가는 사교육비와 입시 위주 파행 교육은 과잉 학력 시대의 부산물이다. 근본적인 문제를 해결하지 않고 인성교육, 창의성 교육, 진로 교육을 아무리 외쳐봐야 공허한 메아리일 뿐이다. 살인 입시, 공교육 파괴의 중심에 '학벌사회'가 있다는 것을 우리는 명심해야 한다.

(2013. 3. 6)

와온의 일몰

흑두루미 비상(순천만)

2012 여수세계박람회 개막식　Ⅰ

2012 여수세계박람회 개막식 Ⅱ

# 다양성이 존중받는 성숙한 사회

　3월 중순까지 공기가 탁해 숨쉬기가 어려웠다. 미세먼지로 전국이 신음 중이다. 자연스레 하늘이 맑은 나라로 이민 가고 싶다는 사람이 늘어나고 있다. 지구상에는 먼지가 없는 청정지역 중 하나가 호주다. 호주는 지진과 활화산이 없는 유일한 대륙, 가는 곳마다 공원이다. 태풍이 없는 탓으로 공원에는 크기를 가늠할 수 없는 키 큰 나무들로 가득하다. 도시 중앙에 있는 공원에는 해충이 없어 종일 풀밭에 누워 일광욕을 즐기거나 책을 보는 사람들의 휴식처가 된다. 공산품은 대부분 수입에 의존하고, 자동차도 만들지 않는 호주는 세계적 청정지역에 속한다.

　나는 지난겨울 남극을 향해 비행기로 14시간 비행해야 닿을 수 있는 곳, 서호주의 주도(州都) '퍼스(Perth)'에서 지냈다. 지도 한 장 달랑 들고 60일 동안 머물렀던 호주는 다양성이 존중받는 사회였다. 퍼스는 한국에서 직항로가 없는 탓으로 인구 2백만 명의 호주 4대 도시이지만 한국인을 만나기 힘들다. 인도양과 맞닿은 세상의 끝, 하얀 모래톱이 파도에 밀리는 눈부신 파란 하늘, 사철 꽃 피는 도시이다.

'길을 잃어야 진짜 여행'이라 했던가. 퍼스에 머무는 동안 가끔 방향감각을 잃고 간혹 길을 묻는다. 그럴 때마다 한참을 동행하면서까지 안내해 주는 그들의 친절함에 놀라곤 했다. 버스를 탈 때마다 약자에게 자리를 양보하고, 중앙 통로는 비워두고 창가부터 앉는 것이 그들의 습관이다. 내가 무심코 중앙 통로에 앉았다가 한참 지나 얼굴이 화끈 달아오르기도 했다. 그들은 버스에서 빈자리가 있어도 소지품을 놓지 않는다. 자기 무릎에 안거나 발밑에 두고 남의 영역을 침범하지 않는다는 것이 그들의 생활방식이다.

통학버스에서 내리는 하굣길 중·고등학생들 중 가방에 인형이나 마스코트 등을 매단 학생은 찾아볼 수 없다. 학생 옷차림에서 어떤 장식이나 꾸밈도 전혀 찾아볼 수 없고, 단정하게 가방을 멘 모습이 무척 편해 보였다. 버스나 전철에서 학생은 어른에게 자리를 양보하라는 안내 표시를 볼 때마다 교사 출신으로 감회가 새로웠다. 모두가 여유롭고 친절하며 복잡한 길목에서도 느긋하게 자기 순서를 기다리며, 상대에 대한 배려가 몸에 배어 있었다.

한국은 '타인에 대한 배려'를 내면화한 교육에 실패했다고 본다. 아직도 우리 사회는 전쟁과 분단을 거쳐 오며 체험한 '각 자도생(各自圖生)'이 익숙한 듯하다. 복잡한 지하철 속에서 "잠 깐만요!"를 외치며 당연한 듯 밀치고 지나가는 사람들을 가끔 본다. 우리 사회는 치열한 경쟁 속에서 내가 먼저라는 강박관 념이 깊게 박힌 사회다. 사회 곳곳에 갑질이 만연하고 남을 배 려하는 모습을 찾아보기 힘들다. 우리도 이제 양적 성장의 신 화에서 벗어나 양보와 배려를 위한 교육이 필요할 때다.

호주는 다양성이 존중받는 사회다. 영국계 백인 중심 사회 지만 아침 출근길 전철 안은 다양한 인종을 만날 수 있다. 모 나리자를 닮은 여인, 마호메트를 닮은 남자, 발등에 문신한 여 자, 목에 문신한 남자 등 다양하다. 특히 남녀를 구분하지 않 는 양성평등과 소수자에 대한 배려 문화가 부러웠다.

남을 의식하지 않고 편하게 생활하는 사회가 호주다. 남의 일에 간섭하지 않으니, 시비가 있을 수 없다. 자기를 과시하거 나 권위를 내세우지 않을뿐더러 사치나 남을 의식한 옷차림을 전혀 볼 수 없어 빈부격차도 전혀 느낄 수 없는 사회다.

그에 비해, 우리 사회는 타인의 시선을 의식하면서 사는 듯 하다. 더 큰 자동차, 더 넓은 아파트, 남들이 보았을 때 우월 해 보이기 위한 '사회적 인정에 대한 목마름'이 강하다. 우리는 최고의 학벌, 최고의 직장을 원한다. 그게 안 되면 비싼 명품 이나 고급 외제 차와 같은 허세와 허영심으로 대신 채우려 든

다. 남이 어떻게 볼까 하는 불안을 느끼는 사회는 성숙한 사
회가 아니다.

(2019. 3. 30)

# 학력과 실력이 공존하는 사회

아침 일찍 교장실에 항의 전화가 걸려 왔다. 내용인즉 서울 대 합격은 좋은 일이나 총동문회에서 내건 '여천고 서울대학교 전남 최다 합격'이란 플래카드까지 내걸 필요가 있느냐는 것 이었다. 대학에 떨어진 학생의 입장도 배려하라는 내용이었다. 당장 철거를 주장하면서 도 교육청과 교육부까지 항의 전화 를 하겠다고 으름장을 놓았다. 민주사회란 다양성의 사회이기 에 칭찬과 항의 전화가 있을 수 있다. 그러나 자기의 의견이 시 민 전체의 의견인 양 고집하는 건 편협한 생각이다.

여수 시내 일반계 고등학교 평준화 1기생인 여천고 20회 졸 업생들이 재학생만으로 대학입시에서 전남 도내 최대의 경사 였다. 총동문회로선 가슴 벅찬 일이 아닐 수 없다. 더욱이 여 수 지역에서 매년 상위권 중학생 300여 명이 특목고 등 외지 사립고로 빠져나가고 있는 현실을 고려할 때 외지 명문고보다 입시 성적이 월등했다는 점이 자랑스러웠을 것이다. 인구 감소의 주된 원인이 학부모의 교육 욕구에 있다고 볼 때, 내 고장 학교를 보내자는 취지도 담겨 있을 것이다.

전화를 받고 깊은 생각에 잠기게 한 하루였다. 생각해 보면 학력 지상주의에 대한 질타라는 측면에선 항의 전화에 대하여 한편으로 수긍이 가기도 하였다. 우리 사회에 나타나는 여러 병리 현상의 이면에는 늘 학벌주의가 자리하고 있기 때문이다. 학벌이 지위 상승의 중요한 요인이고 임금차별도 여기에서 비롯되고 있는 현실을 이해한다.

작년 하반기 우리 사회를 들쑤셔 놓았던 신모 교수의 '학력 위조' 폭풍에 이어 문화, 예술계와 종교, 연예계 유명 인사들에 대한 의혹 제기와 커밍아웃이 계속되고 있다. 사회가 마치 가면이라도 쓰고 있는 것처럼 이중적 양심을 갖고 있는 게 아닐까 한다. 우리 사회가 내실 없이 겉만 번지르르하고 얼마나 얄팍했는지를 새삼 되새기게 한다.

사람이 자원인 우리나라에서는 많이 배운 것이 큰 재산이고 인생 역전의 가장 빠른 길로 여겨져 왔던 것이 사실이다. 좋은 대학의 학벌은 높은 임금과 사회적 지위를 보장해 준다는 믿음 때문이다. 이런 분위기 속에서 학벌은 우리 사회의 새로운 신분제도가 된지 오래다. 대졸이라도 어느 대학교를 졸업했느냐가 그 사람의 평가 기준이 되는 것 또한 현실이다.

우리 사회에서 학벌에 대한 편견과 차별은 뿌리가 깊다. 짝

제2부 비우면서 사는 인생

퉁 학위에 이어 지역사회마다 허위 학력 관련 이야기들이 들린다. 그러나 학력을 위조한 당사자들의 도덕성만을 탓할 일만은 아니다. 그동안 우리 안에 곪아있던 '학벌 만능주의'라는 상처가 터진 것이다. 지금 우리들이 할 일은 학력의 진위를 가리거나 무조건 질타에서 벗어나 학벌에 집착해 온 우리 자신의 모습부터 반성해야 할 일이다.

인간은 누구나 원초적 본능인 명예욕을 갖고 있다. 정상의 권력이나 부를 누리는 사람 누구도 예외 없이 자기 나름의 열등감을 갖고 있기 마련이다. 젊은 시절 한 번쯤 외국 유학을 통하여 출신 대학의 학력을 새롭게 포장하고 싶다는 유혹을 받은 적이 있을 것이다.

부족한 욕망을 채우려 발버둥을 칠 것이 아니라 내가 가진 작은 것에 의미를 두고, 자기 하는 일에 보람을 느끼며 사는 것이 지혜로운 삶이다. 학벌의 차이를 극복하기 위해선 뚜렷한 실력의 차이를 먼저 보여주는 사회가 되어야 한다.

실력과 능력으로 학벌과 학력을 극복할 수 있는 사회, 자기 일에 무한한 자부심을 느끼며 살아갈 수 있는 사회, 내 이름 석 자가 브랜드인 사회가 되어야 한다. 개개인의 가치와 능력을 우선하는 아름다운 사회를 염원해 본다.

(2008. 2. 26)

# 피그말리온이 되는 교육

교육학 용어에 '피그말리온 효과'(Pygmalion effect)라는 것이 있다. 피그말리온은 그리스 신화에 나오는 조각가 이름이다. 그는 현실의 여자들이 모두 결점투성이라 생각하여 평생을 독신으로 살기로 작정하였다. 그래서 그는 자신이 사랑할 수 있는 아름답고 사랑스러운 여인을 조각하여 그 조각과 사랑에 빠지게 된다. 이를 가련히 여긴 여신이 이 조각에 생명을 불어넣어 주어 인간이 되었다는 신화이다.

미국 교육학자인 로젠탈(R.Rosenthal)과 제이콥슨(L.F.Jacobson)은 1968년 샌프란시스코의 한 초등학교 전교생 650명에 대한 지능검사를 실시했다. 그리고 이 검사의 실제 점수와는 상관없이 무작위로 20%의 학생을 뽑아 그 명단을 해당 교사들에게 '지적 능력이나 학업성적 향상 가능성이 매우 높다고 판명된 학생들'이라고 통보했다.

물론 거짓으로 꾸며낸 것이었다. 8개월 후에 다시 이들을 포함한 전체 학생들의 지능검사를 실시하여 처음과 비교해 보았더니 놀라운 점이 발견되었다. 명단에 속한 학생들은 일반 학생들보다 평균 점수가 높을 뿐만 아니라, 예전에 비하여 성적이 큰 폭으로 향상되었다는 것이다.

명단을 받아 든 교사들이 지적 발달과 학업성적이 향상되리라는 기대로 이 아이들을 정성껏 돌보고 칭찬해 준 결과였다. 사랑을 받은 아이들은 선생님이 자신에게 관심을 보여주니까 공부하는 태도가 바뀌게 되고 공부에 관한 관심도 높아져, 결국 학습 능력까지 오르게 된 것이다.

누군가에 대한 사람들의 믿음, 기대, 예측이 대상에게 그대로 실현되는 경향을 '피그말리온 효과(Pygmalion effect)'라고 부른다. 일종의 '자기 충족적 예언'이다. 어떻게 행동하리라는 주위의 예언이나 기대가 행위자에게 영향을 주어 결국 그렇게 행동하도록 만든다는 것이다.

교사가 어떤 학생을 우수할 것이라는 기대로 대하면 다른 학생보다 더 우수하게 될 확률이 높다는 이론이다. 처음에는 뭔가를 기대할 수 있는 상대가 아니더라도 '이렇게 될 것이다'라고 긍정적으로 믿고 격려해 줌으로써 상대를 자신의 기대치로 변하게 만드는 신기한 능력이 생겨난다는 것이다. 이는 생활 주변에서도 통용되는 것으로 자신을 믿고 기대해 주는 사람이 있으면 그 사람의 기대에 아주 예민하게 반응한다는 것이다.

마찬가지로 어떤 아이라도 부모가 '할 수 있다'라고 믿음을 줄 때 '피그말리온 효과'를 기대할 수 있다. 아이들에게 기대하고 그 아이의 장점을 이끌어 주기 위한 노력을 게을리하지 않을 때, 아이도 바람직한 방향으로 나아가게 된다는 것이다.

자녀에게 무심코 하는 한마디의 말, 보이지 않는 기도와 정성, 믿음 그런 모든 것은 자녀의 인생을 바꾸어 놓을 수 있다. 지극히 평범해 보이던 학생이 선생님의 말씀 한마디로 크게 분발해서 몰라보게 우수한 학생으로 변하는 경우도 있다. 관심과 기대를 하고 칭찬을 해주면 자신감이 생기고 분발하게 된다는 것이다.

이처럼 부모나 교사가 기대한 만큼 어린이도 그 기대에 부응하는 '피그말리온 효과'는 자라나는 아이들에게만 국한된 이야기는 아니다. 사회적 동물인 인간의 삶 자체가 상호 영향을 주고받는 불가분의 관계다. 서로를 믿고 꿈과 희망을 불어넣어 주는 '피그말리온 효과'야말로 상처받은 소외된 이웃들을 사랑하는 방법이 아닐까 싶다.

각박한 세상에 얄팍해진 마음으로 눈치나 살피며 사는 우리 어른들이 배우고 따라야 할 삶의 지혜가 바로 여기에 있다. 이제부터라도 서로를 격려하고 인정해 주는 피그말리온이 되는 교육을 통하여 학교 현장에서 밝고 참된 교육이 이루어지길 바라는 마음 간절하다.

(2006. 10. 23)

# 탈북자 울리는 '원산지 표시'

통일부 '전남통일 교육센터' 대표 시절 탈북자와 함께 근무한 적이 있다. 매사에 적극적인 40대 초반의 그녀는 북쪽 이야기만 나오면 눈시울이 붉어진다. 날씨가 추워지는 요즘은 더욱 편치 않은 표정이다. 북에 두고 온 자식들 때문이다. 지난여름 통일 현장 체험 때 제3 땅굴 옆 도라전망대에 올라 개성공단을 바라보며 개성에서 조금만 더 가면 자기 고향이라면서 "짐승만도 못한 대접을 받는 저들이 너무 불쌍하다."라고 울먹이던 것을 옆에서 보았다.

현재 남한에 거주하는 탈북자 수는 2만5천여 명에 이른다. 이 가운데 70%가 여성이고, 대부분이 젊은 세대들이다. 그중 광주·전남 거주자는 1천여 명으로 여수와 순천 지역에 200여 명이 생활하고 있다.

한때 '새터민'이라고 부르기도 했던 탈북자에 대한 공식 용어는 '북한이탈주민'이다. '새터민'이란 '탈북자'를 대체하기 위한 공모에 당선된 용어지만 탈북자 내부의 반발로 현재는 거의 사용되지 않고 있다. 동남아시아나 중앙아시아에서 온 이주노동자도 아니고 천신만고 끝에 찾아온 할아버지의 고향, 내 조국인데 '새터민'이라는 말이 거슬릴 법도 하다.

지난달 '전남통일 교육센터'에서 여수 지역 탈북자 55명을 초청하여 '북한이탈주민과의 대화 한마당' 행사였다. 그들이 일터에서 돌아오는 시간에 맞춰 오후 6시에 극장을 빌려 시작했다. 나는 인사말을 통해 "북한 정권에 대한 소리 없는 반항이 탈북이라고 본다. 여러분은 먼저 온 통일 세대로서 통일 예행연습을 하는 중이며, 통일 이후에 가장 중요한 일을 해야 할 사람들이다. 따라서 우리 사회의 단점보다는 장점을 보는 눈을 갖도록 함께 노력해 나가자."라고 당부의 말을 전했다.

탈북자들이 적응 과정에서 가장 큰 고통은 우리 사회의 탈북자들에 대한 부정적 인식이다. "보통 사람이 가족을 버리고 사선을 넘어왔겠느냐?" "어려서부터 공산주의 사상교육을 받아 쉽게 바뀌지 않을 것이다." 등의 이런저런 이유로 주변의 많은 사람들이 마음의 문을 쉽게 열지 않는다는 점이다. 이에 따라 탈북자들이 직장이나 학교에서 이주노동자들보다 못한 '3등 시민'이라는 열등감에 시달리고 있다. 상황이 이렇다 보니 탈북자 중 일부는 자신이 탈북자임을 밝히기를 꺼려 조선족으로 행세하기도 한다.

그들은 명령과 복종의 집단주의 체제에서 살아왔기 때문에 우리와 비교해 다소간의 다름이 있을 뿐, 우리와 함께 나아가야 할 소중한 파트너다. 요즘의 화두인 '나눔과 배려'를 실천하고 싶다면 종교나 각종 사회단체가 앞장서 탈북자에게 먼저 손을 내밀어 결연하고 멘토가 되어 주어야 할 것이다.

우리 사회가 그들을 따뜻하게 포용할 능력이 없다면 남북이 하나 되는 통일은 먼 이야기일 수밖에 없다. 두고 온 북녘 가족 걱정과 남한 정착을 위한 삶의 몸부림, 인맥과 재산도 없는 조건에서 새로운 인간관계를 구축해야 하는 그들이다. 그들이 우리 사회를 신뢰하도록 만드는 일은 곧 북한 정권을 무력화시키는 일이며, 나아가 통일을 앞당기는 지름길이다.

'북한이탈주민과의 대화 한마당' 행사에서 영화 '광해'를 관람하고 나오던 나이 지긋한 60대 후반의 탈북 남성이 내 손을 꼭 잡았다. "오늘 본 영화처럼 북녘땅에서도 국민을 위한 정치가 이루어져 남북이 행복한 삶을 살아갈 그날이 빨리 왔으면 좋겠다."라며 가슴 아파하던 모습이 눈에 선하다.

"지금은 북한산, 통일되면 국산"이라는 임희구가 쓴 '원산지 표시'라는 짤막한 시가 오늘따라 자꾸 머릿속을 맴돈다.

(2012. 12. 5.)

송민석 순광보다 역광이다

# 설렁탕과 통일 연습

고향 집에 들러 팔순 어머니를 모시고 읍내 식당에 들렀다. 평소에 당신이 좋아하시는 달짝지근한 야채 불고기를 사드릴 생각이었다. 메뉴가 보이지 않아, 국물이 있는 소고기 전골을 주문했더니 갸름한 얼굴의 여종업원이 '설렁탕'이냐고 자꾸 되물었다. 몇 차례 실랑이를 벌이다가 주인을 불렀더니 북에서 온 종업원으로 의사소통이 부족했음을 사과했다. 20여 년을 통일부 '통일교육 위원'으로 활동해 온 자신이 부끄러웠다.

국내 거주 북한이탈주민(탈북자)이 이미 2만3천여 명을 넘는다. 최근에는 연간 3천여 명씩 늘어나는 추세다. 그것도 어린이들과 젊은 여자들이 대부분이다. 1990년대 초까지만 해도 국내에 들어오는 탈북자가 한 해 평균 10명 미만으로 영웅 대접받던 시절과는 사뭇 다르다. 북에서 온 그들은 대부분 일가친척도 없이 망망대해를 떠도는 느낌일 것이다. 따라서 그들에게는 마음을 터놓고 공감해 주는 깊은 대화를 할 수 있는 창구가 필요하다. 대부분 사람이 탈북자들과 대화란 형식적인 인사치레에 그치고 깊은 대화는 외면하고 있다. 그들의 처지에서는 목숨을 걸고 찾아온 조국이 야속하게 느껴질 것이다.

국내 탈북자 중 직장을 가진 사람이 30%가 채 안 된다. 나머지는 국가에서 지원하는 생계 유지비로 근근이 생활하고 있다. 겨울철 연료비를 아끼느라 냉방에서 생활하며 2등 시민으로 사는 경우도 흔하다. 이들이 가장 심각하게 생각하는 것은 일자리 문제와 자녀 교육 문제다. 이 문제가 해결되지 않으면 대를 이어 2등 시민이 될 수밖에 없을 것이다.

그들은 "북한에서는 배가 고파 못 살겠고, 중국에서는 언제 잡혀갈지 몰라 두려워 못 살겠고, 대한민국에 오니까 몰라서 못 살겠다."라고 한다. 대한민국이란 말도 남쪽에 와 처음 들어본 그들이다. 북에서는 '이남' '남조선' '아랫동네'로 부르기 때문이다. 입냄새를 제거하는 가그린을 음료수인 줄 알고 마신 적도 있다는 그들이다.

지금 이 순간에도 어디에선가 죽음을 무릅쓰고 탈북한 후 제3국을 떠돌며 감시의 눈을 피해 살아가는 탈북자들에게 지금이야말로 따뜻한 관심과 보살핌이 필요한 때다. 결국 그들을 안아주고 그들을 받아 주어야 하는 건 우리들의 몫이다.

통일의 그날, 탈북자들은 우리 사회에서 가장 필요한 인물이 될 것이다. 그들은 남과 북의 중립적 입장에 설 수 있고, 우리 사회에 대한 호감도를 높이는 데 결정적인 역할을 하게 될 것이다. 따라서 통일 관련 각종 행사를 통해 통일에 대한 국민적 공감대를 확산해야 한다. 그것이 북한에서 급변 사태가 발생할 때 북한 주민의 호감을 얻어야 우리가 주도적으로 한반도 상황을 관리할 수 있는 길이다.

통제된 사회에서 주어진 일만 해오던 그들이 자유분방한 우리 사회에 적응력이 떨어지는 것도 사실이다. 남북 통합을 준비하는 과정에서 각종 사회단체나 자원봉사 단체를 만들어 이들을 끌어안는 다양한 네트워크도 필요하다. 우리 사회에 대한 신뢰가 부족한 이들에게 성공 신화를 이룰 수 있도록 적극 도와야 한다. 대기업부터 앞장서서 탈북인을 시범적으로 채용하여 우리 사회에 대한 적응력을 키워주는 풍토 조성이 절실하다. 이들이 우리 체제에 잘 정착하도록 돕는 것이 바로 통일을 대비하는 통일 연습이기 때문이다.

우리 사회가 그들을 따뜻하게 포용할 수 없다면 남북이 하나 되는 통일은 먼 이야기일 수밖에 없다. 최근 북한 휴대전화 가입자가 80만 명을 돌파했다고 한다. 자유를 찾아온 그들의 생활이 행복해질 때, 그 소식은 북으로 날려 보내는 대형 풍선이나 확성기보다 더 큰 파괴력을 갖고 북한 전역에 전파될 것이다.

(2011. 11. 23)

제 2부 비우면서 사는 인생

# '러브 인 아시아'의 잔잔한 감동

KBS 시사교양 프로그램 '러브 인 아시아'를 즐겨 본 적이 있다. 아시아를 넘어 유럽과 남미까지 세계 구석구석 꿈과 사랑을 이어가는 다문화 가족들의 이야기가 정겹기만 하다. 언어가 다르고 피부색이 달라도 이제 그들은 결혼 이민자로, 외국인 근로자로 우리가 함께 부대끼며 살아가야 할 이웃들의 모습이 잔잔한 감동으로 다가온다.

통계청에 따르면 한국 체류 외국인이 2004년 71만여 명에서 2013년 157만여 명으로 10년 새 두 배나 늘었다고 한다. 국적별로 중국인이 가장 많고 뒤이어 베트남, 일본, 필리핀, 캄보디아 순이다. 1990년대 농촌 총각 장가보내기 운동으로 시작한 국제결혼 증가와 외국인 근로자 이주는 우리 사회를 빠르게 다인종, 다문화사회로 변화 되어 가고 있다.

집 근처 마트에 가는 날이면 동남아에서 온 며느리들 서너 명이 어린아이들과 함께 쇼핑하는 모습들을 가끔 본다. 그중에서도 월남에서 온 듯한 며느리들을 보면 더욱 정감이 간다. 젊은 날 월남전에 참전해 그들과 접촉하면서 예절 바른 민족임을 잘 알기 때문이다.

통계에 의하면 요즘 농촌 총각의 40%가 외국인 여자와 결혼하고 있어 다문화가정은 피할 수 없는 추세다. 고령화가 가속되고 있는 농촌의 현실까지 고려할 때 다문화가정이 맡은 사회적 역할은 매우 크다. 정부는 다문화가정 2세들을 위한 특별한 대책을 세워야 한다. 이들을 위한 체계적인 영농교육을 통하여 전문 농업인으로 커갈 수 있도록 지원하는 것도 방법의 하나일 것이다.

또한 결혼이주여성이 많은 지자체부터 그들의 문화를 이해하고 받아들이기 위한 다양한 다문화 축제가 필요하다. 그들의 모국 문화를 표현할 기회를 제공함으로써 자긍심과 함께 우리 문화와 공존할 수 있음을 보여주는 계기가 되어야 한다. 아울러 지역발전의 모범적인 다문화가정의 사례를 발굴, 표창함으로써 우리 사회에 적응력을 촉진할 수 있을 것이다.

다양한 인종과 문화가 공존하는 미국의 경우 편견 없는 사회를 만드는 첫걸음이 바로 다양한 문화를 이해하는 데서부터 출발하고 있다. 그들은 초등학교 때부터 각 나라말로 숫자 세는 법을 함께 배우기도 하고, 여러 나라 전통 의상을 입어보거나 전통 음식을 만들어 보는 등 문화의 다양성을 가르치는 교육과정이 잘 발달해 있다.

지난해 미국 여행길에 뉴욕에서 미 연방정부 공무원을 지낸 한국 교포 한 분을 만났다. 그는 2, 30년쯤 지나면 한국 이민자 자녀 중에서도 미국 대통령 나올 수 있다고 했다. 무한한 가능성의 나라가 바로 미국이라고 당차게 말하던 모습이 눈에 선하다.

코리안 드림을 꿈꾸며 한국에 온 수많은 결혼이주여성과 이주 근로자들이 언어와 문화 차이에 따른 편견 속에 쉽게 적응하지 못하고 있다. 이들의 불행이 곧 한국 사회의 불행이며 손실일 수밖에 없다는 점이다.

우리나라는 오랫동안 단일민족이란 신화에 갇혀 중국 화교가 뿌리내리지 못한 세계 유일한 국가로 알려져 있다. 해외로 이주해 간 우리 동포가 7백만 명에 이를 정도로 세계인들이 한 울타리 안에서 공존하는 지구촌 시대 아닌가. 재외교포들이 경험했던 고통의 시간을 이주민들에게 더 이상 되풀이해선 안 될 일이다.

그들은 소위 한국인들이 꺼리는 기피 업종에 종사하면서 대부분 국내 노동시장의 빈자리를 메워주고 있다. 한국은 이들 때문에 제조업에서 경쟁력을 유지할 수 있었고, 나아가 눈부신 발전에 이바지한 것도 사실이다. 두 나라 언어와 문화를 습득할 수 있는 다문화가정의 자녀들은 중요한 국가적 자산이다.

이제는 시대착오적인 차별 문화에서 벗어날 때가 되었다. 백인과 흑인, 동남아 등 출신 국가에 따른 이중적 잣대는 하루 빨리 청산해야 한다. 한 국가의 품위는 배려와 포용의 정도에 따라 결정된다. 문화의 다양성을 이해하는 것이 바로 세계 시민이 가져야 할 기본 양식이다.

(2014. 4. 9)

제 2 부 비우면서 사는 인생

순천만 흑두루미 II

순천만 흑두루미 III

# 사회지도층의 솔선수범

로마 천 년을 지탱해 준 철학은 '노블레스 오블리주'다. 프랑스어로 노블레스(nobles)는 고귀한 신분, 귀족이라는 뜻이며, 오블리주(oblige)는 책임이 있다는 의미다. 따라서 이 두 단어가 합쳐져서 높은 사회적 신분에 상응하는 도덕적 의무와 솔선수범을 지칭하는 말로 쓰이고 있다.

초기 로마 시대 왕과 원로원 귀족들은 지도층으로서 도덕적 의무와 책임감으로 평민보다 더 많은 세금을 내고 전쟁이 나면 가장 먼저 앞장섰다. 이처럼 솔선수범과 절제 있는 행동은 로마 제국을 떠받드는 굳건한 초석이 되었다. 이런 전통이 자연스레 노블레스 오블리주의 전통이 되었고, 오늘날까지도 지도력의 표본이자 사회지도층이 반드시 지켜야 하는 정신으로 내려오고 있다.

사회지도층이 정당한 대우를 받기 위해서는 자신이 누리는 부와 권력, 명예만큼 도덕적 의무를 다해야 함을 보여준 것이다. 이러한 정신은 서양에서 출발했지만, 과거 우리에게도 없었던 게 아니다. 조선 시대 임진왜란이 일어났을 때 양반이나 사림 계층들은 일신을 돌보지 않고 의병을 조직하여 전쟁을 승리로 이끌었다. 바로 솔선수범을 한 지도층의 '노블레스 오블리주' 정신이었다.

"장수된 자의 의리는 충(忠)을 좇아야 하고, 충은 백성을 향해야 한다. 백성이 있어야 나라가 있고, 나라가 있어야 임금이 있는 법이다." 영화 《명량》에 나오는 대사의 일부다. 이순신 장군은 300여 척이 넘는 왜군의 공격에도 불과 13척의 배로 죽기를 각오하고 적진에 나아가 싸워 위기에 빠진 백성과 나라를 구해냈다. 이처럼 지도자들의 희생정신이 지도자에게 필요한 신념이자 지켜야 할 철학이다. 자기희생이 없는 지도력이란 공허할 뿐이다.

시대에 따라 요구하는 지도력이 변할 수 있다. 그러나 근본은 하나다. 국민을 위하지 않는 정치 그리고 국민을 위하지 않는 지도력은 사회적 갈등을 조장할 뿐이라는 사실이다. 말로만 이순신의 지도력을 호들갑스럽게 떠들 것이 아니라 정치권에서부터 진정 국민을 위한 지도력이 무엇인지 고민해야 할 것이다.

우리 사회의 고질적 병폐의 이면에는 상류층의 이기주의가 도사리고 있다. 사회지도층과 그 자손들의 병역 면제율, 사회지도층의 투기와 탈세, 부의 대물림을 위한 편법승계 등이 우리 사회를 부끄럽게 만들고 있다. 국회 청문회를 지켜보면 사회지도층이라는 인사들이 각종 부도덕한 위법 행위를 저지르고도 고위 공직을 맡겠다고 나서는 것을 볼 때 서글픈 생각이 앞선다.

선진국 사회지도층의 노블레스 오블리주가 부럽게 느껴지는 것도 우리 사회지도층의 책임 불감증 때문이다. 우리 사회지도층들이 부와 권력을 독점하다시피 하면서도 도덕적 해이가 심각해 사회 통합을 가로막는 큰 걸림돌이 되고 있다.

정부 각료 집단이 다른 사회집단보다 군 면제자 비율이 더 높다면 국민이 정부를 신뢰하겠는가. 우리 시대의 지도자들이 국민에게 희망이 아니라 오히려 실망만을 안겨주다 보니 이순신과 같은 올곧고 신뢰가 두터운 영웅이 떠오르는 게 아닌가 싶다.

동서고금을 막론하고 사회지도층이 앞장서 모범을 보여야 한다. 윤리와 도덕의 가치는 과거와 크게 다를 바가 없다. 사회적으로 높은 위치에 오를수록 스스로 깨끗한 도덕성과 사회적 봉사를 솔선수범해야 한다. 그렇게 될 때 시회 불신을 해소하고 어둠을 밝히는 등불로서 존경의 대상이 될 것이다.

도덕성을 갖춘 상류층이 많을수록 그 사회는 안정된 사회이고 품격도 그만큼 높아지게 될 것이다. 워런 버핏은 "열정은 성

공의 열쇠, 성공의 완성은 나눔"이라 했다. 자신이 가진 것을
조금이라도 나눌 수 있는 우리 안의 노블레스 오블리주가 발
휘될 때 우리 사회는 좀 더 환해질 것이다.

(2014. 9. 24)

# 새출발하는 초임 교사들에게

　매년 5월이 다가오면 가슴이 설렌다. 1970년대 고등학교 첫 발령 받고 처음 만난 제자들과 30년 이상 인연의 끈을 놓지 않고 반창회가 이어져 오고 있다. 스승의 날을 전후하여 50대에 들어선 제자 부부가 모두 함께하는 연례행사다. 이때가 되면 제자들에게 인생의 교훈을 전할 담임 교사의 훈화 내용으로 고민하게 된다.

　'줄탁동기(啐啄同機)'라는 사자성어가 있다. 병아리가 알에서 나오려고 새끼와 어미가 안팎에서 서로 쫀다는 말이다. 서로의 노력이 조화롭게 이루어져야 성공한다는 뜻이다. 이처럼 교사와 학생도 인격적인 만남과 상호작용이 이루어질 때 진정한 의미의 교육이 가능하다.

　인생은 '인간과 인간의 만남과 헤어짐'이란 말이 있다. 모든 일이 만남을 통해서 시작되고 이루어진다. 교사는 끊임없이 인연을 맺으며 사는 사람이다. 학교의 새 학년은 새로운 만남으로 시작한다. 선생님과 만남, 친구들과의 만남은 인생의 소중한 인연이자 커다란 변화의 계기의 시작이다. 매년 신학기가 되면 그동안 교직에 몸담아 온 원로 교사들이 퇴직하고, 그 자리를 신규로 임용된 교사들이 채운다. 갈수록 치열한 높은 임용 경쟁률을 뚫고 교육 가족의 일원이 된 새내기 교사들이다.

학부모가 보내온 상품권을 돌려보내며 감사의 말씀을 전하고, 메모장에 할 일을 꼬박꼬박 정리하며 일정을 계획성 있게 채워가는 새내기 교사들의 다부진 모습을 통해 내일의 희망을 보아왔다.

교직의 특성상 학교는 일반 직장처럼 위계질서가 뚜렷하지 않다는 게 특징이다. 따라서 동료 교원들 간에 인간관계가 특히 중요하다. 초임 교사의 경우 선배 교사들로부터 많은 것을 배울 수 있는 공간이다. 나이나 경험이 많고 적음에 따라 젊은 교사와 원로 교사와의 의사소통과 상호 이해에 있어서 어려움이 발생하는 경우도 있다. 젊은이의 '합리성'과 '공정성'의 잣대로 선배 교사들을 손쉽게 재단하기보다는 선배 교사들의 삶에 배어 있는 학교 문화를 파악하는 것이 우선임을 기억해야 할 것이다.

"요즘 젊은 교사들은 굉장히 똑똑하지만, 그렇다고 반드시 교육적으로 바람직한 것은 아닌 것 같다. 교사 자신이 똑똑하기 때문에 학습에 어려움을 겪는 학생들을 잘 이해하지 못하며, 선배 교사들의 말을 가슴으로 받아들이기보다는 머리로만 받아들이려는 경향이 강하다."고 정년을 앞둔 선생님에게서 들은 이야기다.

학교가 필요로 하는 교사는 똑똑한 교사보다는 지혜로운 교사가 아닐까 싶다. 학습에 어려움을 겪는 부진아들도 있는 그대로 잘 껴안으면서 다독거려 주는 아량을 지닌 교사, 잘 이해되지 않을지라도 선배 교사들의 삶의 모습을 이해하고자 한 번쯤 고민해 보는 그런 교사가 되었으면 한다.

'교육은 감동'이라는 말이 있다. 아이들은 모든 것에 어른보다 더 민감하게 반응하기 마련이다. 머리가 아닌 가슴에 교훈을 남겨주는 참스승이 되었으면 한다. 마음속 작은 감동이 인간을 변화시킬 수 있기 때문이다. 사랑에 의한 감동의 결과가 바로 교육이다. 아이들 나름의 특징을 발견하고 칭찬하는 데 인색하지 말자. 선생님의 칭찬 한마디에 감동되고, 이웃의 배려와 격려에 큰 힘을 얻으며 우리 아이들은 성숙해 가고 있다.

새출발하는 초임 교사들에게 바란다. 가르침에 앞서 먼저 보여주는 선생님이 되자. 교육의 목표는 지식이 아니라 행동이기 때문이다. "내 인생은 그때, 그 학교, 그 선생님과의 만남에서 결정되었다고, 먼 훗날 제자들의 가슴에 그렇게 남아 있을 교사는 진실로 행복하다."라고 하지 않던가.

(2011. 4. 20.)

송민석 순광보다 역광이다

낙안 읍성 I

낙안 읍성 II

낙안 읍성 III

1일 레저타운(순천)

제 3 부

# 탐욕이라는 병

# '그때 그 시절'을 아시나요?

"귀중한 외화를 벌어들입니다. 한 방울이라도 통 속에"라는 문구가 아직 눈에 선하다. 1970년대 초·중·고 남자 화장실이나 버스터미널 공중화장실에 소변을 수집하는 하얀 플라스틱 통 옆에 쓰인 글귀다. 가발이나 이쑤시개 외엔 변변한 수출품이 없던 시절, 소변에서 혈전을 녹이는 '유로키나아제'를 뽑아내 수출하기 위해서였다.

30여 년 전 상업고등학교 졸업반 담임을 맡은 적이 있다. 당시에는 학급에서 5~6명이 은행에 취업하던 때였다. '모교 방문의 날'(홈커밍데이)이라고 졸업 30년 만에 제자들의 연락을 받고 당시 근무했던 학교에 다녀왔다. 50대에 접어든 제자들이 모교에 장학금을 전달하고, 사은회를 베풀면서 감사패와 꽃다발을 전달하는 행사였다.

담임을 맡았던 1983년 당시 우리 반 55명 중 집에 전화기가 있던 학생은 12명에 불과했다. 나머지 43명이 전화기가 없어 비상 연락망을 작성할 때 전화기 있는 학생을 지역별로 맨 앞에 세웠다. 시계, 라디오, 재봉틀, TV 등이 가정환경 조사의 단골 메뉴였던 시절이다. 집에 자동차가 있는 학생은 단 한 명도 없었다. 현재의 삶과 비교하면 천지개벽이 아닐 수 없다.

전쟁이 끝난 1953년 우리나라의 1인당 국민소득은 67달러로 세계 최빈국 중의 하나였다. 아프리카 가나 수준이었다. '배 꺼질라. 뛰지 마라'던 시절이었다. 허리끈을 졸라매고 토끼고기와 오징어 말린 것을 앞세워 수출 길에 나섰다. 잔디씨 수집이 방학 숙제가 되던 시절이었다.

1964년 1억 달러 수출 달성으로 감격하던 때가 엊그제 같다. 이를 기념하여 '수출의 날'이 제정되었다. 이때부터 수출에 나라의 명운을 걸다시피 앞만 보며 달려 50년 만인 2014년 5천7백억 달러 수출 달성으로 세계 제7위 무역 대국이 되었다.

해외여행을 하다 보면 외국인은 다 아는데 우리만 모르는 것이 있다. 우리가 얼마나 잘사는지 모른다는 점이다. 동남아는 말할 것도 없고 남미와 아프리카에서도 돈 벌어 잘살아 보겠다고 꾸역꾸역 외국인들이 모여드는 나라가 대한민국이다. 우리나라에 와있는 외국인 숫자가 200만 명이 넘는다. 그중 불법체류자가 20여만 명으로 이들 사이에서 태어난 아이가 2만여 명인데 국적이 없으니 출생신고도 할 수 없다. 이들은 건강보험 혜택을 받지 못해 병원에도 가지 못하고, 학교도 다닐

제3부 탐욕이라는 병

수 없다. 강제 출국당하지 않기 위해 방안에서만 키운다.

우리 사회 저변에 '금수저'와 '헬조선'(지옥 같은 한국)이란 말이 있다. 지난 반세기 동안 한국경제의 급속 성장 과정에서 생겨난 빈부의 격차와 각종 병폐를 지적한 말이다. 아직 우리 사회의 높은 상대적 빈곤의 벽을 볼 때 공감하는 바 크다. 그러나 거시적으로 보면 세계 74억 인구 중 절반이 기아에 허덕인다는 사실도 잊어선 안 될 것이다. 눈먼 애국심보다 냉정한 평가가 절실한 때가 아닌가 한다.

"한국을 제일 저평가하는 사람이 한국인"이란 말이 있다. '김포-제주' 구간 항공 탑승객이 세계에서 가장 많은 사람이 이용하는 항공노선이라는 2014년 국제기구 발표가 있었다. 지난 추석 연휴를 해외에서 즐기기 위해 인산인해를 이룬 인천국제공항 출국장을 기억할 것이다.

"한국의 부드러운 정권교체에 깊은 감명을 받았다."라는 외국인들을 볼 때 가슴 뿌듯하다. 선진국들이 200년 이상 걸쳐 이룬 산업화와 민주화를 6·25전쟁의 잿더미 위에서 반세기 만에 압축적으로 이룬 대한민국이 아닌가. 지난 촛불 집회에서 100만 인파가 모여도 차량 파괴는커녕 거리 청소까지 말끔히 하는 성숙한 민주주의 모범국가로 세계적인 평가를 받았다. 아시아를 넘어 유럽, 중남미까지 확산하는 한류열풍을 보라. 이제 우리도 민족적 자부심을 느끼는 세계시민이 되었으면 한다.

송민석 순광보다 역광이다

(2017. 10. 18)

# 탐욕이라는 병

지난겨울 아내가 독감으로 종합병원에 입원하게 되었다. 그 바람에 네 명의 환자가 있는 좁은 병실을 1주일간 매일 찾는 게 나의 일과가 되었다. 입원 사흘째 되던 날 초등학교 2학년 손자 녀석이 병원을 찾아왔다. 손자는 오자마자 할머니에게 봉투를 내미는 것이었다.

"할머니 빨리 나으세요." 연필로 쓴 봉투에는 꼬깃꼬깃한 천 원짜리 열 장이 들어 있었다. 손자가 용돈으로 모은 돈이다. 컴퓨터 게임만 즐기는 철부지인 줄 알았던 손자가 대견하기만 하였다. 아내는 "이 돈을 어떻게 쓸 수 있겠느냐?" 하며 말끝을 흐렸다. 평소 어른들의 말을 흘려듣는 줄만 알았던 철부지가 속이 꽉 찬 아이라는 것을 확인한 순간이었다.

아내가 입원한 1주일은 그간 잊고 지냈던 아내의 고마움을 새긴 날들이었다. 흔히들 나이 들면 다섯 가지 친구가 있어야 한다고 말한다. 그것은 곧 오우가(五友歌)로 일건, 이처, 삼재,

사사, 오우(一健, 二妻, 三財, 四事, 五友)라는 것이다. 건강, 아내, 재산, 소일거리, 친구의 중요성을 강조한 이야기이다. 이 것이야말로 나이 들수록 갖춰야 할 필수 무기가 아닐까 한다.

정년 퇴임 후 10년, 그동안 취미로 사진 촬영하고, 강의하고, 가끔 신문에 칼럼을 투고하는 것이 나의 일상이 되었다. 11층 아파트 거실에서 내려다보면 빼꼼히 남해바다가 얼굴을 내밀고, 발아래 펼쳐지는 숲과 드넓은 녹지가 바로 우리 집 정원이다. 노후의 작은 행복에서 나는 오늘도 큰 기쁨을 얻는다.

돌이켜보면 지난날들은 시곗바늘처럼 일 속에 파묻혀 밤낮을 모르고 지냈던 날들이었다. 그러나 퇴임 후 욕심의 무게를 줄이고 났더니 나에겐 행복이 주렁주렁 매달려 있음을 깨닫게 되었다. 우리의 삶에서 꽉 쥐고 있는 것들이 너무 많다. 그 중 많은 것들은 내려놓아야 할 것들이다. 그것을 붙들고 있으면 좋을 것 같아도, 버릴 때 더 많은 것을 얻을 수 있다는 사실을 우리는 잊고 사는 듯하다. 욕심을 줄이면 불행도 행복으로 바뀐다는 것을 차츰 깨달아 가는 중이다.

그러나 '마음을 비우고 산다.'라는 것은 결코 가볍게 할 수 있는 말은 아니다. '소유하는 삶'에서 '존재하는 삶'으로 그 무게 중심을 옮기겠다는 자신과의 약속이기 때문이다. 문제는 '탐욕'이라는 것이 끝이 없어서 결코 만족할 수 없는 불치의 병이라는 점이다. '한나절 동안 걸어 돌아올 만큼 땅을 가지라'

송민석 순광보다 역광이다

는 악마의 말에 저물도록 걷기만 하다 쓰러져 죽은 톨스토이 우화 속의 농부처럼 그렇게 죽거나 망할 때까지 '탐욕'을 키우기만 할 것인가.

미얀마에 가면 원숭이 잡는 덫이 있다고 한다. 그쪽 원주민 사이에서 원숭이의 탐욕을 이용한 간단한 사냥법이다. 원숭이 손이 간신히 들어갈 수 있는 입구가 좁고 배가 불룩한 유리병 안에 단단한 과일을 넣어둔 것이다. 물론 유리병은 나무 밑동에 단단히 묶어 놓는다. 얼마 후 가보면 원숭이는 영락없이 잡혀 있다. 냄새를 맡고 온 녀석은 손을 넣어서 과일을 잡고 손을 빼려고 발버둥을 쳐도 절대 빠지지 않기 때문이다. 움켜쥔 과일만 놓으면 손을 빼서 달아날 수 있으련만 끝내 놓지 않는다고 한다.

요즈음 가만히 보면 원숭이만 그런 게 아니라 사람도 '욕망의 덫'에 그렇게 걸리는 것을 본다. 원숭이가 과일의 달콤함에 파멸되듯이 우리 인간은 돈과 권력과 쾌락 때문에 파멸에 이르는 경우를 본다. 마음을 비우면 세상 편하게 존경받고 잘 살 것 같은 귀한 분들이 그러지 못한 경우를 본다. 존경받는 기업인, 정치인이 그리운 시절, 채우기에 급급한 탐욕의 굴레에서 벗어나 '비움'을 실천하는 사람들이 많은 세상을 꿈꿔본다.

(2018. 5. 16)

제3부 탐욕이라는 병

# '라떼 상사'와 공감의 자세

손주들이 온다는 전화를 받으면 가슴이 설렌다. 2주에 한 번씩 방문하는 손주들이 도착하면 가장 먼저 할아버지 서재에 모인다. 생활 주변의 이야기 중심으로 할아버지가 묻고 손주들이 답하는 식의 교육이다. 집안의 유래, 친척의 호칭, 전통 예절, 학교생활 등을 지루하지 않게 10분 정도 대화하는 것이 교육 요령이다. 며느리와 손주들도 매우 만족해하고 있다.

자녀들이 초등학생이라면 우리의 전통적 교육인 '밥상머리 교육'을 추천하고 싶다. 맞벌이 부부 증가와 아이들의 바쁜 학교생활로 가족과 함께 식사하는 시간이 날로 줄고 있어, 일주일에 한 번 정도 '가족 식사의 날'을 정해 함께 모여 식사하는 방식을 권한다.

식탁에 모여 앉아 서로 하루의 일과를 즐겁게 나누고, 이때 자녀의 말을 중간에 끊지 않고 끝까지 경청하는 부모의 자세가 중요하다. 주의할 점은 부정적이거나 잔소리는 삼가고 공감과 칭찬을 많이 해주어야 한다는 점이다.

옛날 농경시대에는 예의범절이나 지식을 어른들로부터 배웠다. 자식을 많이 낳는 것이 노동력이 되던 시절이다. 당시에는 경험에 비추어 어른이 젊은이들을 가르치는 것이 자연스러운 일이었고, 젊은이들 역시 당연한 것으로 받아들였다. 사람은 누구나 자기가 살아오며 배우고 터득한 지혜를 다음 세대에 전해주고 싶은 것이 인지상정이다.

그런데 요즘 젊은 세대는 다르다. 인터넷 발달로 자신의 지식이 기성세대의 경험보다 가치 있다고 여기기 때문이다. 따라서 어른들의 이야기는 귀담아들으려 하지 않고 관심도 없다. 할아버지나 아버지의 지혜나 정보는 너무도 구태의연해 보이고 인터넷을 검색하면 수많은 정보가 넘쳐나고 있으니 그럴 수밖에 없다.

개인주의 성향이 강해 스마트 기기를 통한 비대면 생활양식에 익숙한 젊은이들은 개인적인 삶이 최우선이다. 직장에서도 타인의 시선을 의식하지 않고 칼퇴근을 당연한 것으로 여기는 추세다. 직장 상사들은 이런 젊은 직원을 이기적인 직원으로 팀워크가 부족하다고 평가한다.

예전에는 어디 그러했던가. 기성세대는 자신의 생활이 다소 침해받더라도 조직을 위해서 희생하는 것을 당연한 것으로 여기던 시절이었다. 그러나 요즘 2030 청년 세대는 남의 눈치 보지 않고 자기만의 생활을 즐기려는 경향이 강하다. 직장 내 회식 장소에서 공감도 가지 않는 윗분의 이야기에 장단을 맞춘다는 것이 연극을 하는 기분이라는 젊은이들이 점차 많아지고 있다.

기성세대는 '요즘 애들은 버릇이 없다'라는 소리를 한다. 버릇이 없는 것이 아니라 어느 시절이나 젊은이들은 다 그랬다. 기원전 1700년 무렵 수메르 시대에 쓰인 점토판 문자를 해독했더니 '요즘 젊은이들은 버릇이 없다'라는 내용이었다고 한다. 젊은이들이 바라보는 '꼰대'의 시각은 동서고금을 막론하고 존재해 왔다는 사실이다.

그러나 역사는 꾸준히 발전해 왔다. 젊은이의 행동을 두고 '옳다' '그르다'로 판단하지 않아야 한다. 기다려 주며 상대방의 입장이 되어 그럴 수밖에 없었던 이유가 무엇인지 이해하려는 노력이 필요하지 않을까 싶다. 항상 열린 자세로 끊임없이 공부하고 성찰하는 것이 바로 꼰대 탈출법이다.

세대 간에 서로 다른 소통방식을 교환하기 위해서는 소통이 필요하다. 우리 동네엔 공감 카페도 있고, 공감 떡집도 있다. 바야흐로 '공감의 시대'다. 상대에게 가르치려고 하면 '노인'이고, 상대의 이야기를 끝까지 경청하고 이해하려고 노력하면 '어르신'이라고 한다. 젊은 층을 이해하고 수용하려면 소통의 능력을 키워나가야 한다.

 디지털 문화였던 기성세대는 아날로그적 토대 위에서 경험을 쌓은 터라 젊은 세대와 소통에 어려움이 존재하는 것도 사실이다. 그러나 바르지 못한 젊은이들의 태도를 핀잔을 주기보다는 긍정적으로 그들의 처지에서 이해하고 수용하려는 공감의 자세가 절실하다.

(2020. 4. 22)

제 3 부 탐욕이라는 병

선암사 수계식 I

선암사 수계식 II

쌍봉사 대웅전(화순)

구름처럼(예당 평야)

# 학벌주의와 패자부활전

매년 대학입시철이 다가오면 온 나라가 후끈 달아오른다. 수능이 끝나고, 사교육 기관의 대학입시 설명회장에 학생과 학부모가 구름처럼 몰려든다. 대학이 인생을 결정하는 우리의 현실에서 누굴 탓할 것인가. 우리 사회에 만연한 '학벌 지상주의'가 문제다. 학벌주의란 개인의 능력과 상관없이 출신학교에 따라 차별을 받는 사회현상이다. 일단 상위권 대학만 나오면 능력을 따지지 않고 출세가 보장되는 우리의 현실이 개탄스럽다.

오래전 일이다. 서울의 어느 사립학교에서 5명의 교원을 뽑는데 전국에서 600여 명이 지원했다고 한다. 그런데 지방대 출신자의 서류는 뜯지도 않고 그대로 버리고, 명문대 출신 지원자 중에서만 합격자를 발표해 물의를 일으킨 적이 있었으나 찻잔 속의 태풍으로 그치고 말았다. 이러니 꼴찌를 하더라도 서울 소재 대학에 들어가려고 발버둥을 치는 것이 아닌가.

학벌이란 어느 특정 시기에 개인이 경험한 하나의 속성에 불과하다. 개인의 지적 수준이나 신체적 능력은 그의 노력과 경험의 축적에 따라 얼마든지 달라질 수 있다. 그런데도 사람의 차이를 학벌이라는 잣대로 획일화시켜 서열 사회를 만드는 것이 과연 올바른 사회라고 할 수 있을까.

전문성이 크게 강조되지 않던 시대에는 출신학교가 한 개인의 능력을 평가하는 중요한 정보로 작용한 것도 사실이다. 그러나 인간의 다양성이 강조되고, 하루가 다르게 변화하는 오늘날에는 '과거의 학력'은 별 의미가 없다. 중요한 것은 '현재의 능력'이다. 끊임없이 분화되고 변화하는 현대사회에 필요한 새로운 지식과 능력이 요구되기 때문이다.

과거의 성취에 안주하고 자신들만의 인맥으로 배타적인 성을 쌓는 일종의 '사회적 고착' 현상은 아직도 사라지지 않고 있다. 학벌을 강조하는 것은 우리의 삶을 10대 후반에 고착시키는 것이나 다름없다. 패자부활전이 없으니, 승자나 패자 모두 분발해야 할 필요성도 그만큼 줄어들 수밖에 없다. 이처럼 학벌주의는 사회를 정체시키고, 능력 있는 인재를 발탁할 기회마저 빼앗아 가고 있다.

이공계 특성화 대학인 포스텍의 교육 실험 중에 교수 채용은 파격적이다. 전임 교수 절반을 교체하는데 그중 50명의 '산학 일체 교수'는 박사학위가 없더라도 연구 실적 등 실력만 보고 뽑는다는 것이다. 교수 사회의 고질적인 학벌·순혈주의를 깨고 실용적 산학협력을 구현하겠다는 것이다. 이처럼 교육계의 패러다임도 대학의 간판보다는 실력 위주로 바뀌어야 한다.

학벌주의를 타파하려면 능력 중심의 사회로 탈바꿈이 필요하다. 개성 있는 각자의 능력을 평가하는 다양한 제도를 적극적으로 도입할 때 가능할 것이다. 전문대나 고교 졸업자도 대졸자를 앞지를 기회가 제도적으로 보장되는 사회가 되어야 한다. 한때의 실패가 자산이 될 수 있는 패자부활전의 기회가 주어진 사회가 바로 열린 사회다. 능력과 관계없이 소위 '좋은 학교' 나왔다고 출세하는 세상은 좋은 세상이 아니다.

공부는 수많은 재주 중의 하나일 뿐이다. 성적만으로 줄 세우는 구태에서 벗어나 특기·적성으로 여러 줄 세워 적재적소의 인재를 발굴해야 한다. 명문대 졸업장이 아니라 적성을 살린 진로 선택이 개개인의 행복과 국가 발전을 보장한다는 교육관이 뿌리내려야 한다. 개인을 평가하는 유일한 잣대가 공부여서는 우리 사회의 발전을 기대할 수 없다.

지난여름 교육부 모 정책기획관이 '신분제를 공공화해야 한다.'는 막말로 파면되는 등 큰 파문을 일으킨 바 있다. 사회 전반에 퍼진 승자독식의 학벌주의는 척결되어야 할 망국병이다. 출신 대학 간판만으로 사람을 평가하는 고질병을 고치지 않는 한 아무리 좋은 대학입시 제도라 하더라도 성공할 수 없다.

(2016. 11. 16)

송민석 순광보다 역광이다

# 세월호를 기억해야 하는 이유

오는 4월이면 세월호 참사 10주기다. 세월호 침몰 1년 전쯤 제주도 출장길이었다. 제주공항에서 세미나 장소인 서귀포 호텔까지 택시를 탔다. 당시 택시 기사가 들려준 이야기가 아직도 귀에 생생하다.

"선상 불꽃놀이와 게임룸과 샤워실까지 완비한 국내 최대, 최고의 초호화 유람선이 인천과 제주를 오간다."라고 했는데 1년 후에 침몰 사고를 일으킨 청해진 해운 소속 '세월호'였다.

2014년 4월 16일, 전남 진도 앞바다에서 476명을 태운 세월호가 옆으로 기울다 이틀 뒤 완전히 침몰했다. "가만히 있으라."라는 방송만 믿고 기다리다 304명이 사망했다. 배에는 제주도 수학여행을 가던 단원고 2학년 학생 325명 중 250명이 희생되었다. 그 세월호는 이제 우리 사회의 부실과 부조리를 상징하는 말로 쓰이고 있다.

당시 세월호는 오후 6시에 인천항을 출발해 다음 날 오전 8

시에 제주항에 도착할 수 있어 숙박비 절약 차원에서 수학여행 가는 학교가 많았다. 사고가 나던 날 TV 화면을 통해 학생을 태운 선박이 좌초했다는 뉴스를 보았다. 스마트폰으로 계속 세월호 사건을 확인하다가 정오쯤 '전원 구조'라는 속보가 뜨는 것을 보고는 마음을 놓았다. 그러나 얼마 후 그것이 허위 보도임을 알았다. 정부 발표를 받아쓰기만 한 언론사들이 어이없고 가증스러웠다.

배가 심하게 기운 상태에서도 천진하게 장난치던 아이들, 헬리콥터가 왔다며 곧 구조될 것이라 기대하던 아이들, 갑판으로 나왔다가 친구를 구하겠다며 선실로 되돌아간 아이, 내 아이는 유명 브랜드를 사주지 못해 옷차림으로 구별하지 못할 거라며 시신이 인양될 때마다 달려가 확인하던 어머니… 그들의 사연 하나하나에, 온 국민이 눈시울을 붉혔다.

세월호 사건 때 생존자의 절반 이상을 해양경찰보다 40여 분 늦게 도착한 어선과 민간 선박이 구조했다는 보도였다. 이는 미국의 9.11테러 공격 때 무너져가는 건물에 뛰어들었다가 목숨을 잃은 소방관 343명의 희생과 비교된다. 세월호 참사 때는 침몰하는 배 안으로 다시 뛰어든 정규직원은 한 명도 없었다. 이것이 대한민국의 슬픈 민낯이다.

일곱 차례나 밖으로 나오지 말라는 반복된 안내방송을 믿고 제자들과 사제 동행하며 선실을 떠나지 않은 교사, 선생님만 믿고 남았던 착한 아이들, 먼저 탈출해 버린 선장을 생각하면 가슴이 먹먹하다. 어린 학생들 앞에 우리 모두는 죄인이다.

재작년 발생한 '이태원 참사' 때도 세월호 사건과 조금도 다를 것이 없었다. 모두가 국가의 책임이다. 159명의 꽃다운 청춘들이 피지도 못하고 서울 한복판에서 길을 걷다가 죽을 수 있는가. 막막한 바다에서 세월호가 침몰할 때, 이태원 비탈길 골목에서 뒤엉킨 젊은이들의 숨이 멎어 죽어갈 때 국가는 없었다.

선진사회일수록 성장 못지않게 안전에 중점을 두어 필요한 비용을 일상적으로 지불하고 있다. 후진국들은 이런 비용을 줄여 경쟁력을 높이고 성장의 사다리를 오르게 한다. 우리도 과거 많은 국민의 희생 위에 오늘의 성장을 기억하고 있다. 월남전에 32만 명이 파병되어 5,000명이 넘는 꽃다운 생명들이 돌아오지 못했다. 그렇게 역사의 강이 흘러와 오늘의 대한민국이 이뤄져 온 것이다.

국가가 책임져야 할 대형 참사가 벌어질 때마다 안전한 나라를 만들겠다고 외쳤으나 세상은 달라지지 않았다. 누구를 위한 국가인가? 국민을 안전하게 보호해야 할 책임을 지닌 국가로서 있을 수 없는 일이다.

세월호 참사 때 갑판에 놓여 있던 46개의 구명정 중에 막상

사고가 일어나니 펼쳐진 것은 한 개밖에 없었다고 한다. 국가의 첫 번째 책무는 국민 안전을 지키는 일이다. 우리의 위상은 선진국이 되었으나 국가 시스템은 아직 개발연대에 머물고 있다. "아무도 처벌받지 않았고, 누구도 책임지지 않았다"라고 참사 유족들은 말한다. 더 좋은 사회, 더 안전한 사회를 만들기 위해 이제는 바꿔야 한다.

(2024. 1. 17)

# 세계가 인정한 우리의 효 사상

우리의 효(孝) 사상은 동양은 물론 서양에서도 각별하다는 평을 받고 있다. 자식이 부모를 봉양하는 효의 전통은 농경문화가 내려오면서 가족 단위의 생활 습관이 효(孝)의 모델로 이어져 왔다.

과거 농경사회에선 경험이 중시되었고, 경험이 많은 어른의 권위가 거의 절대적이었다. 실질적인 노인의 능력이 효도와 맞물리면서 노인 중심의 문화가 형성되었고, 가족이나 마을 공동체엔 노인의 영향력이 막강했던 것도 사실이다. 그만큼 지난날 우리 사회에서는 노인들이 존경의 대상이었다.

전통적으로 '노인' 하면 먼저 떠올릴 수 있는 것은 오래 사는 과정에서 축적된 경험과 지식이다. "노인 한 분이 숨을 거두는 것은 도서관 하나가 불타는 것과 같다."라고 아프리카에서는 노인이 차지하는 비중을 아직도 높게 평가하고 있다.

우리나라는 60년대부터 추진한 경제개발을 통하여 반세기

만에 물질적 풍요를 누리게 되었다. 이에 따라 황금만능주의 풍조와 입시 위주의 사회적 모순 속에 어른을 대접하는 장유유서(長幼有序)의 정신은 찾아보기 어렵게 되었다. 그 결과 극도의 이기심이 가득한 사회가 되었다. 똑똑한 젊은이는 많은데 예절이 바른 젊은이는 주위에서 찾아보기 힘든 세상이 되었다.

저출산, 고령화로 핵가족이 빠르게 확산하면서 지난날 노인의 권위나 설득력은 설 자리를 잃게 되었다. 하루가 다르게 변해가는 정보화 물결 속에 각종 분야의 전문가와 웹 검색 도구가 그 자리를 차지하고 있는 탓이다. 그 결과 노인 존중 문화는 시대 역행적인 구시대의 유물로 여기는 젊은이들이 늘어나고 있다. 이웃과 소통하지 못하고 사이버 세계에 표류하는 젊은이들이 많다.

이처럼 개별적인 지식과 정보를 얻을 수 있는 경로와 방법은 늘었지만, 그것들이 어떤 가치 있는 삶을 살아야 할지를 보여주지는 않는다. 지식 중심 교육이 아닌 인간 중심 교육이 절실하다. 최근 논란이 되는 청소년범죄와 맞물려 공교육 현장에서 새로운 인성교육의 대안으로 효행 교육이 제기된 것도 이 때문이다.

효행 교육은 말이나 글로 전달되는 것이 아니다. 효는 인성교육의 출발점이다. 따라서 다양한 체험과 실천 중심으로 이

끌어야 한다. 부모가 무의식중에 하는 말이나 의도하지 않은 행동일지라도 자녀는 보고 듣고 배우게 된다. 소위 '잠재적 교육과정'이 자녀 교육에 있어서 중요한 까닭이다. 부모와 함께 일가친척이나 조부모를 찾아뵙는 날을 정해 사후 결과물을 학교에 제출하면 출결로 인정하는 체험학습도 효를 살리는 방법의 하나일 것이다.

설날이나 추석이 되면 귀성행렬로 전국 고속도로가 정체되면서 어김없이 하는 민족의 대이동이 시작된다. 조상과 어른을 받들고 찾아뵙는 마음자리가 자손 대대로 이어졌으면 하는 마음 간절하다. 진정한 효의 의미는 부모에 대한 물질적인 봉양이 아니라, 부모의 마음을 편안하게 해드리는 것에서 시작되어야 한다.

세계적인 석학들은 현대문명의 위기 상황을 극복할 수 있는 대안으로 우리의 효 사상을 주목하고 있다. 《역사 연구》를 쓴 영국의 토인비는 "만약 지구가 멸망해 인류가 다른 곳으로 이주한다면 꼭 가지고 가야 할 문화가 바로 한국의 효"라고 우리의 효 사상을 높이 평가했다. 인도의 시인 타고르가 우리나라를 '동방의 등불'이라고 평가한 바탕에도 한국의 효 문화가 자리하고 있다. 서구의 합리주의로는 이해하기 힘든 훈훈한 인간미가 우리 민족의 가슴속에 면면히 살아 있음이다.

(2017. 6. 28)

백로 마을(전북 임실)

# 부모님과 함께하는 송년을

스트레스가 쌓이는 주말이면 팔순이 넘은 어머님께로 달려 간다. 고향에 계시는 어머님과 곁에서 하룻밤을 자고 오는 날 이면 마음이 더없이 편하고 푸근해진다.

시골은 마을마다 경제적 어려움 속에 몸이 불편한 노인 혼 자인 집이 태반이다. 8남매를 둔 어머니에게 매주 자식들이 번 갈아 찾아오니 이웃 사람들이 부러워할 수밖에 없다.

평균수명이 60을 넘기기 어려웠던 과거에는 노인 문제는 일 부의 문제로 효행심 강조만으로 해결이 가능한 시대였다. 당시 춘궁기가 있던 배고픈 시절에는 먹는 문제가 이보다 더 시급 한 과제였다. 그러나 오늘날에는 평균 수명이 80세에 이르면서 노인 문제가 커다란 사회적 비용과 함께 우리가 모두 짊어져야 할 심각한 사회문제화 되고 있다.

과거의 노인들은 가정에서 집안의 어른으로 당연히 모시고 정성을 다해 보살펴야 하는 존재였다. 그러나 지금은 핵가족

화되면서 자녀들은 도시에 거주하고, 대부분 거동이 불편한 노인들만이 농촌을 지키고 있어 노인들이란 사회에 부담을 주는 천덕꾸러기 같은 존재로 전락한 것 같아 안타깝다.

문제는 이뿐만이 아니다. 산업화에 따른 이농현상이 심화하면서 출산율이 크게 감소한 탓으로 어린아이를 찾아볼 수 없는 농촌 마을이 늘어나고 있다. 전남의 경우 그 심각성이 도를 넘어 저출산으로 세대 간의 균형이 무너지고 일방적 고령사회로 치닫는 현상이 예사롭지 않다. 어쩌다 아기 울음소리가 들리는 곳은 다문화가정이 대부분으로, 노인들의 고독과 소외는 도를 넘어서고 있어 이에 대한 대책이 절실한 실정이다.

해방 이후 지난날을 되돌아보면, 오늘의 풍요로움과 행복한 생활을 누릴 수 있게 된 것은 저 뒷전에 물러앉아 고독을 달래야 하는 노인 세대의 피땀 어린 노력의 산물이다. 60년대 보릿고개와 함께 어렵던 시절 배고픔을 달래며 세계 최빈국에서 10권 경제 대국이 될 만큼의 부(富)를 쌓는 데 한몫을 한 당당한 노인들이다. 그들은 지나온 세월에 순응해 땅을 파고 곡식을 거둬들이며 자식들의 뒷바라지에만 매달려 허리가 휠대로 휜 분들이다.

요즘 세상은 자녀의 도움이 별로 필요 없는 넉넉한 부모는 자녀의 지원을 많이 받고, 오히려 자녀의 도움이 절실한 부모일수록 자녀로부터 소외당하는 경우를 흔히 볼 수 있다. 이는 넉넉한 부모에게 더 많이 도움을 주려는 자녀의 동기를 '호혜적 교환'으로 본다는 점이다. 경로효친에 익숙한 우리들로선 받을 것을 기대하고 부모님께 드린다는 것은 진정한 의미가 아니다.

노후 대책이란 개념조차 없던 시절 허기진 배를 움켜쥐고 밤잠을 설치며 자식 농사에 모든 것을 쏟아부었던 노인 세대의 처지는 날이 갈수록 서럽기만 하다. 12월이 되면 어김없이 도시에선 숨 가쁘게 친목회, 향우회, 동창회 등 각종 술자리 회식으로 흥청망청 도시의 밤거리는 휘청거릴 것이다.

연말연시를 앞두고 차가운 날씨만큼이나 홀로 계시는 부모님들의 외로움이 옷깃을 파고드는 계절이다. 오늘의 나를 있게 해준 시골에 계신 부모님을 떠올리며 그분들의 처지를 생각해 보았으면 한다. 어르신들의 마음을 따뜻하고 푸근하게 해드리는 데는 많은 돈이 필요하지 않다. 작은 정성과 마음이면 충분한 일이다. 도시로 떠난 자식들의 소식에 목말라하는 부모님께 따뜻한 옷가지와 함께 안부 전화 한 통화라도 자주 해드리는 한해의 끝자락이 되었으면 한다.

(2007. 12. 5)

# 갈 길 먼 '성숙한 사회'

마지막 남은 달력 한 장이 떠날 채비를 서두르는 가운데 나라가 어수선하다. 너나 할 것 없이 어렵고 우울한 연말이다. '아는 사람이 일자리를 잃으면 경기 침체, 내가 일자리를 잃으면 불황'이라고 한다.

인턴으로 고용됐다가 계약 종료와 함께 버려지거나 비정규직의 불안한 삶을 살아가고 있는 청년들이 늘어나고 있다. 부모 재산에 따라 경제적 지위가 금·은·동·흙수저로 결정된다는 수저 계급론이 최근 젊은이들 사이에서 폭넓은 공감대를 형성하고 있는 것도 이 때문이다. 흙수저로는 생계유지도 어렵고 물려줄 수도 없다. 부모 도움 없이는 자립하기 어려운 데다 가난이 대물림되는 사회라는 패배감이 가슴을 후벼 파는 말이다.

고속 성장의 이면에 감추어진 우리 사회의 어두운 모습들이 방치되고 있다. 여야 가릴 것 없이 극빈층을 위한 복지정책보다는 공천 관련 싸움이나 지역구 예산안 챙기기에 혈안이다. 정치권을 비롯하여 곳곳에서 이처럼 힘겨루기가 기승을 부리고 있다.

세상은 갈수록 복잡해지고 갈등은 매일 쏟아지고 있다. 언변 좋고 목소리 높은 사람들이 두드러지는 세상인 듯하다. 침묵하는 다수는 언제나 무시되어 왔고, 남보다 더 크게 자극적으로 소리 지르지 않고서는 관심을 끌지 못하는 세상이 되었다. 모두 자기주장에만 목청을 높이는 세상이다.

트위터나 페이스북 같은 사회관계망서비스(SNS)를 봐도 목청 큰 몇 사람이 담론을 지배하는 구조다. 사회가 시끄럽다는 것은 그만큼 안정감이 없다는 의미다. 차분하고 조용하게 말해도 다 알아들을 텐데 왜 목소리를 높이는 것일까. 말의 내용이 부실하니 목소리라도 커야 설득력이 있을 수 있는 있다고 보는 것은 아닐까. 목소리 큰 사람이 이기는 사회는 문명사회가 아니다. 낮은 목소리로 얘기해도 소통할 수 있는 사회가 안정된 사회이고, 성숙한 사회다. 선진국이란 성숙한 사회를 말한다. 이제부터라도 제발 목소리를 낮추고 소통해 가는 조용한 사회가 되길 염원한다.

찬바람과 함께 12월이 깊어지고 있다. 뒤돌아보면 낮은 곳으로 내려가겠다는 다짐은 간 곳이 없고, 높은 곳으로 오르려고 버둥대며 살아온 날들이 부끄러울 뿐이다. 한 해의 끝자락이다. 서로가 먹고살기에 벅찬 날들이었지만, 소외된 이웃들에 대해 소홀했던 것은 아닌지 돌아보는 세밑이 되었으면 한다.

페이스북 창업자 마크 저커버그의 기부 소식이 세밑을 훈훈하게 하고 있다. 페이스북 주식의 99%에 해당하는 52조 원을 자선 사업을 위해 기부한다는 내용이다. 기부는 복지 사각지대를 해소하는 안전망이자 사회의 성숙도를 가늠하는 척도다. 이처럼 사회 공헌으로 세상에, 감동을 주는 삶의 방식을 보면서 우리 사회의 척박한 기부 문화와 미성숙을 새삼 확인하게 된다. 미국의 부자가 존경받는 이유는 세상을 떠날 때 모은 재산을 자녀에게 물려주기보다 사회에 헌납하는 경우가 많다는 점이다.

송민석 순광보다 역광이다

이를 보며 우리가 잊지 말아야 할 점은 기부는 결코 부자들만의 전유물이 아니라는 사실이다. 누구든 자신의 능력 안에서 십시일반으로 나보다 어려운 이웃을 도울 수 있다는 점이다. 해마다 이맘때쯤이면 구세군 자선냄비가 차가운 거리를 녹여주는 따스한 겨울 풍경으로 자리 잡고 있다. 어린 꼬마에서부터 선뜻 거액을 내놓고도 끝내 이름을 밝히지 않는 기부자의 얘기가 우리 모두에게 진한 감동을 주곤 한다.

'행복은 돈보다는 가족과 친구, 그리고 이웃 간의 끈끈한 인간관계에서 찾아야 한다.'라고 행복도를 조사한 독일의 로버트 교수는 충고한다. 눈보라가 몰아치는 남극의 혹한 속에서 살아남기 위해 서로 연대하는 펭귄처럼 어려운 이웃들을 보듬고 보살피는 연말연시가 되었으면 한다. 이웃이 따뜻해져야 나도 훈훈해진다.

(2015. 12. 9)

# 가짜가 판치는 세상

제주도 관광길이었다. 대학 동창 부부 다섯 쌍이 정년퇴직 기념으로 3박 4일 일정을 떠났다. 이른 새벽부터 서둘러 9시에 녹동항에 도착, 배를 타고 4시간 만인 오후 1시 제주항에 닿았다. 우리는 배를 타고 가는 동안 시끌벅적한 3등 객실 여행객들 속에서 부대껴야 했다. 정감이 넘치는 한담을 나누며 일상에서 벗어나 모처럼 홀가분한 기분을 맛볼 수 있었다.

그러나 친구들의 말투에 놀라지 않을 수 없었다. 모두가 이순(耳順)을 넘은 나이들인데도 "바람 한 점 없이 오늘 날씨 진짜 좋다." "이것 진짜 맛있네." 등 귀에 자주 들리는 '진짜'라는 어휘에 거부감이 들었다. 비좁은 선실 여기저기에서도 마찬가지였다. 70대 후반의 할머니들도, 대학을 갓 졸업한 듯싶은 등산복 차림의 젊은이들도 말끝마다 '진짜'라는 단어가 귀에 거슬렸다.

사전적 의미의 '진짜'라는 말은 '꾸밈이나 거짓이 없이'라는 부사적 용어다. 세월이 갈수록 우리의 언어가 경음화 되고, 과장이 심해지는 것임을 모르는 바 아니다. 그만큼 우리 사회가 안정되지 못하고 각박해지고 있다는 증거일 것이다.

나이가 들고 배움이 많을수록 과장되지 않고 순화된 언어를 사용할 것이란 평소에 막연한 생각을 해오던 터였다. 그러나 학력과 무관하게 사회지도층조차도 걸핏하면 진짜라는 말을 쓰는 것을 보면서 마음이 언짢은 적이 한두 번이 아니다. 진짜라는 말을 쓰지 않으면 모두 가짜라는 말인가.

고등학교 국어 시간에 언어란 그 시대상을 반영하는 것이라고 배웠다. 6·25 직후 허기진 혼란 상황에서 사이비 상이군인, 사이비 기자, 사이비 사장님들이 판칠 무렵 남대문 시장에서 '순 진짜 참기름만 팝니다.'라는 간판을 볼 수 있었다. 요즘도 중국산이 우리의 식탁을 휩쓸고 있는 터라 시골 장터나 노점상에서 '순 100% 한국산'이라는 미심쩍은 팻말을 자주 볼 수 있다.

퇴임 후 집에 혼자 있는 경우가 많아졌다. 집에 있다 보면 하루가 멀다고 전화벨이 울려 받으면 '귀하의 우체국 택배가 반송되었습니다.'라는 말투가 어눌한 신종 사기꾼들의 전화를 받곤 한다. 그들은 아마도 한낮에 집에 있는 사람은 세상 물정을 모르는 노인이거나 분별력이 떨어지는 사람들이라고 믿는 듯하다. 그때마다 나는 '지금 때가 어느 때인데 아직도 이런 전화를 하느냐?'라고 점잖게 나무라고 전화를 끊지만, 뒷맛이 개운치 않다.

우리 동네에서 어떤 공직자가 전화금융사기로 인해 아내 몰래 숨겨 둔 2천여만 원을 날렸다는 소문이 돌았다. 이제는 개인정보 누출을 염려하여 동창회 사이트에 주소나 비상 연락망조차 함부로 올리기 어려운 세상이 되었다. 한때 유행가 가사처럼 '여기도 짜가, 저기도 짜가' 가짜가 판치는 세상이 된 것일까. 선진국 진입을 앞둔 경제 대국치고는 너무 부끄러운 민낯이다.

남을 속이는 사기 사건이 횡행한 것은 아직도 우리 사회가 권력에 의한 사회이고, 법과 제도에 의하지 않는 사회, 내용보다 간판으로 평가받는 사회이기 때문일 것이다. 상대방의 말을 있는 그대로 믿지 못하는 사회, 신뢰가 부족한 사회, 내용보다 간판으로 평가받는 사회는 후진국이다.

어떤 발표에 따르면 "길에서 처음 보는 사람의 말을 믿느냐?"라는 질문에 스웨덴에서는 66%, 일본에서는 43%, 한국에서는 27%가 믿는다고 응답하였다고 한다. 우리 사회가 그만큼 불신의 벽이 높다는 증거다. 사회적 신뢰를 담보해야 할 정치지도자, 사회 지도자들부터 불신의 벽을 허무는 데 앞장서야 한다.

질서가 잡히지 않은 후진국이거나 일확천금을 노리는 한탕

주의자들이 많은 사회일수록 진짜를 내세워 상대방을 믿게 하려 들 것이다. 굳이 진짜라는 말을 강조하지 않아도 되는 신뢰 사회가 되었으면 하는 마음 간절하다.

(2009. 3. 13)

제 3 부 탐욕이라는 병

# 교육 강국의 지름길

가정의 달 5월이 다 가고 있다. 기회만 있으면 미국 오바마 대통령이 칭찬하는 것이 한국의 교육이다. 반세기만의 세계 최빈국에서 10위권 경제 대국으로 성장한 근본 동력이 교육에서 비롯되었음을 미국인에게 강조하기 위해서였다.

과연 우리나라가 교육 강국일까? 교육열이라고 하지만 사실은 대학입시에 대한 열기다. 좋은 대학, 원하는 대학에 보내는 것이 교육열의 알파요, 오메가다. 문제는 대학입시가 과열되는 근본 원인은 대학 졸업장이 더 높은 임금과 지위를 가져올 것이라는 기대와 특정 소수 명문대학에 입학하기만 하면 사회적 성공이 보장될 것이라는 기대 때문이다.

세상은 하루가 다르게 변하는 가운데 좋은 직장과 직업의 세계도 빠르게 바뀌고 있다. 기성세대의 관점에서 '누가 좋은 대학, 좋은 학과에 들어가느냐?' 하는 입시제도에만 대부분이 관심을 둔다. 대학에 들어가 자녀가 어떻게 자기를 발견하고 성장할 수 있을지? 의 고민은 뒷전이다. 세계경제협력개발기구 (OECD) 38개국 중 우리나라의 직업 만족도가 가장 낮다는 것도 결코 우연이 아니다.

대학 진학을 위해 어릴 적부터 다람쥐 쳇바퀴 돌듯 과외를 뱅뱅 돌리는 젊은 부모들을 본다. "피카소와 모차르트가 될 수 있는 아이조차 죄다 수학 경시대회에 내보내는 경쟁구조로는 세계와 겨룰 수 있는 경쟁력을 높일 수 없다."라는 지적이다. 그러나 일류대학 진학 여부가 자식 농사의 성패로 인식되는 답답한 현실이 바뀌지 않는 한 부업을 해서라도 자식 과외를 시키려는 부모를 나무랄 수 없다.

그뿐만 아니라 자녀의 성적이 엄마의 성적이 되는 현실에서 '맹모형(孟母型) 이민'이 날로 늘어나고 있음도 사실이다. 최저 출산율로 국내 인구는 급속하게 감소하고 있으나, 재외국민 숫자는 매년 증가하고 있다는 건 조기유학으로 인한 '기러기 가족' 때문일 것이다.

몇 년 전 미 시사주간지 뉴스위크지는 '미국 전역에서 수백만 명의 학부모가 자녀들을 학교에서 축구장으로, 피아노 교습소로 태워다 주고 숙제를 돌봐주느라 매일 정신없이 바쁜 일과를 보내고 있다'라면서 미국에서의 자식 농사를 '결승점이 보이지 않는 철인 3종 경기'에 비유한 적이 있었다.

우리 사회는 대졸자가 아니면 안정적이고 좋은 직장에 지원서도 낼 수 없는 실정이다. 이러한 차별적이고 불공정한 악순환의 고리가 너도나도 대학으로 내몰고 있음을 본다. 사회가 발전하려면 학벌주의, 지역 편중, 특정 학교 편중의 덫에서 하루빨리 벗어나야 한다. 선진국의 경우 대학 진학률이 40% 정도지만 우리의 경우 84%에 달하고 있다. 악순환의 고리를 끊지 않으면 선진 경쟁력 확보가 어렵다.

누가 뭐래도 교육은 우리의 희망이요, 미래의 자원이다. '공정한 사회'가 이루어질 수 있도록 '패자부활전'을 사회 곳곳에 적용하고 확산시켜야 한다. 초등학교에서 성공하지 못하더라도 중학교에서 성공할 기회가 주어지고, 마찬가지로 이러한 기회가 고등학교, 대학교, 취업, 승진 등에서 보장될 때 우리 사회 곳곳에 만연한 불평등 중 상당 부분이 해소될 수 있을 것이다.

눈높이만 잔뜩 높아진 고학력 사회에서 최근 '고졸 채용' 확대 소식은 반가운 일이다. 학연, 지연, 혈연, 성별 등을 모두 가리고 오직 실력으로 평가하는 시스템이 필요하다. 패자 부활전이 사회 곳곳에서, 인생의 여러 단계에서 가능하도록 확대해 나가는 것이 교육 강국이 되는 지름길이다.

(2012. 5. 30)

# 먼저 온 작은 통일

두 차례 금강산에 다녀왔다. 처음엔 속초항에서 '설봉호'로, 두 번째는 여천고 교장 시절 1학년 340명 수학여행단을 인솔한 동해선 육로였다. 그밖에도 남북의 칼날 같은 시선이 오가는 판문점은 7차례나 다녀왔다. 그런 만큼 판문점 공동경비구역(JSA) 곳곳이 눈에 잡힐 듯 선하다.

탈북 행렬이 본격화한 것은 1990년대 중반이다. 그 이전에는 한 해 10명 안팎이 사선을 넘어 한국에 도착했었다. 그 후 점차 북한의 식량난이 심각해지면서 그 대열은 꾸준히 증가하더니 2016년 말에는 탈북자 수가 3만 명에 이르게 되었다. 북한 이탈주민(탈북자)을 흔히들 '먼저 온 작은 통일'이라고 한다. 주변을 돌아보면 생각보다 너무도 가까이에 있는 이들이다. 우리와 다를 것 없는 한민족이지만 마음의 거리는 아직 멀기만 한 것이 현실이다.

임기 2년의 통일부 직속 '전라남도통일 교육센터'대표를 연임하여 4년간 운영하면서 지역 하나센터와 손잡고 탈북자들과 아픔을 함께한 적이 있다. 통일교육센터 사무실에 열정이 남다른 탈북자를 공개 채용하여 그들의 애환을 들을 수 있었다. 함께 일하는 동안 북한 말투가 전라도, 경상도 사투리처럼 단지 북한 지역의 말일 뿐인데 그런 말투 하나가 사람과 사람 사이를 확연히 경계 짓는 것을 느낄 수 있었다.

요즘 탈북 형태는 크게 바뀌고 있다. 배 고파 탈북하는 '생계형 탈북'에서 먼저 내려온 가족을 찾아오거나 더 나은 삶의 기회를 찾는 '이민형 탈북'이 점차 증가하고 있다. 삶의 질과 함께 자유에 대한 동경, 북한 내 체제에 대한 불만 등이 바탕에 깔렸기 때문이다. 최근에는 김정은 정권에 한계를 느껴 엘리트들의 충성심이 약해지면서 북한을 등지는 분위기가 뚜렷하다. 이를 입증하는 것이 영국 주재 북한대사관 태영호 공사를 비롯한 북한 해외주재관들의 무더기 탈북 현상이 아닌가 한다.

우리는 탈북자를 같은 민족이라고 생각하지만, 그들이 느끼는 사회적 편견은 여전하다. 목숨 걸고 입국한 조국이지만 사회 적응이 어렵다. 남한 사회의 적응 과정 중 "편견과 무관심이 가장 견디기 힘들다고 한다. 내 할아버지의 고향 땅인데도 외국 이민자들보다 더 차별을 받을 때 슬프고 힘들다."라고 하소연한다.

북에 살면서 집단 배치에 익숙하여 자기 운명을 스스로 결정해 본 적이 별로 없는 그들이다. 탈북자들은 이력서를 쓸 때부터 망설이게 된다. 쓸 내용도 없을뿐더러 처음부터 진솔하게 탈북자임을 밝힐 때 면접 기회도 얻기 힘들다는 걸 알기 때문이다. 따라서 조선족으로 위장 취업하는 탈북자들이 늘어나고 있는 실정이다. 두고 온 북녘 가족 걱정과 한국 사회 정착을 위한 삶의 몸부림, 인맥도 재산도 없는 조건에서 새로운 인간관계를 구축해야 하는 그들의 스트레스는 이만저만이 아니다.

우리 헌법 제3조는 "대한민국 영토는 한반도와 그 부속 도서로 한다."로 규정하고 있다. 탈북자도 헌법상 엄연한 우리 국민이며 소중한 통일 자산이다. 과연 우리 대한민국은 사회적 지지를 통해 그들을 받아들일 마음의 준비가 되어있는가. 탈북자에 대한 우리 사회 인식의 대전환이 절실하다. '먼저 온 통일'을 성공적으로 이끌지 못하면 우리의 통일은 요원할 뿐이다.

동서독 통일을 이뤄낸 추진력의 바탕이 동독 주민에게서 나왔다는 것은 다 아는 사실이다. 입소문을 통하여 한국에서 탈북자들의 성공담이 북한 내 주민을 동요시키고 있다는 사실을 아는가. 탈북자들의 절반가량이 북쪽 가족에게 매월 송금하고 있다고 한다. 북한 주민들이 '하루를 살아도 남조선처럼 살고 싶다.'라는 염원을 가질 때 통일의 문은 저절로 열리게 될 것이다.

(2018. 1. 31)

# 소셜미디어의 횡포

초창기 소셜미디어는 민주주의를 확산하는 순기능을 했지만, 어느새 민주주의를 위협하는 괴물이 되어 가고 있다.

한국은 스마트폰 보급률이 세계 1위 국가다. 스마트폰에 사회관계망서비스(SNS) 앱을 깔고, 개인정보 제공에 동의하는 순간, SNS는 우리의 지배자가 된다. '좋아요'와 '싫어요'를 누르고, 댓글을 달고, 공유와 전달 버튼을 클릭하면 할수록 공론장은 더욱더 양극단으로 치닫는다. 엄청난 양의 정보가 무제한 유통되는 사회에서 사람들은 점차 자신의 기호에 맞는 정보만을 취하여 확증편향은 커지면서 갈등이 증폭되어 간다.

최근 이런 확증 편향적 이념과 정보들은 정치권 및 사이비 종교 집단에 의해 확대되고 유튜브 미디어에 의해 그 편향성이 가속돼 되면서 사회를 편 가르기 하고 있다.

문제는 SNS의 역할이 비슷한 가치관을 가지고 공유하고 정보를 나누는 수준에 그치지 않는다는 것이다. 확인되지 않는 정보와 주장이 순식간에 진실로 둔갑해 대중을 선동하는 데에 쓰이고 있다. '12·3' 내란 이후 한국 사회에서 유튜브는 가장 강력한 대중 동원 수단이자 민주주의 체제를 위협하는 플랫폼이 되었다.

모두가 스마트폰 안에 각자의 세계를 구축하고 사는 시대다. 게다가 저질 언론사나 일부 유튜버들이 클릭 장사를 하기 위해 퍼뜨리는 과장된 기사나 가짜뉴스는 유통기한 자체가 무의미하다. 이런 사이비 지식에 현혹되지 않으려면 냉정한 사실 확인의 여과 장치가 필요하다.

그중 하나가 종이신문 구독이 아닐까 한다. 2022년 한국언론진흥재단 '언론 수용자 조사' 결과를 보면 종이신문 구독률은 9.7%에 불과하다. 그러나 사회 언론을 주도하는 여론 주도층 모두 종이 신문을 본다는 사실이다. 나도 40년 이상 종이 신문 구독자다.

종이신문의 최대 장점은 독자가 원치 않거나 싫어하는 뉴스에도 접할 수 있다는 점이다. 신문사마다 이어져 온 전통에 따라 자신들의 정파성에 반하는 뉴스도 내보낸다. 어떤 일이 있었다는 정도의 보도는 비교적 충실히 하는 편이다. 그러나 스마트폰을 통해 들여다보는 세상은 다르다. 자신의 입맛에 맞는 뉴스만 골라 볼 수 있으며, 그렇게 하게끔 부추기는 알고리즘이 가세한다.

알고리즘으로 이루어진 인공지능은 우리가 모르는 사이에 이미 일상 속 깊숙이 파고들고 들어와 있다. 요즈음엔 누구나 스마트폰을 이용하면서 배달, 교통, 여행, 숙박, 금융, 교육할 것 없이 스마트폰 앱 검색을 통해서 결정한다. 인공지능이 개입되지 않은 분야를 찾아보기 힘들다. 유튜브를 클릭하는 순간 관련 영상이 화면을 가득 채우고, 내 생각과 취향을 알고 뜨는 광고는 덤이다. 모든 게 갈수록 강력해지는 알고리즘 탓이다. 오직 좋아하는 것만 촘촘히 보여주는 알고리즘 세상이 되었다.

소셜미디어를 이용하는 시간이 늘어나고 나아가 소셜미디어에 의존하게 되면서 우리와 밀접한 관계가 저절로 이루어진다. 소셜미디어는 인터넷 기술이 제공하는 가치를 누구나 쉽게 누릴 수 있는 장점이 있지만 사회적인 문제를 초래하기도 한다. 연예인들의 사생활이 공개되고, 그들의 행동이 비난받을 때마다 악성 댓글의 양상이 더욱 심각해지고 있다. 특정 쇼핑몰로 연결되는 광고성 글이 기승을 부리기도 한다. 유튜브 알고리즘 영상을 꾸준히 시청하는 대중은 획일성과 극단성으로 치닫기 쉽다.

결국 인간은 자유의사에 의해서 결정하는 것이 아니라, 인공지능이 제안한 선택지에 의해 결정하게 되는 경우가 대부분이다. 우리가 가끔은 페북하는 시간을 줄여 신문과 잡지를 읽고, 스마트 폰을 잠시 끄고 여러 오프라인 모임에 참여할 때 양극화의 편향된 시각에서 빠져 나올 수 있다.

얄팍한 추세만 좇고 유튜브나 SNS와 편향된 특정 뉴스에 휩쓸리는 마음으로는 퇴행을 막을 수 없다. "이미 일어난 과거를 알려면 검색하고, 현재 일어나고 있는 것을 알려면 사색하고, 미래를 알려면 탐색하라."고 한 이어령 선생의 말씀을 떠올릴 때다.

(2025. 3. 19)

# 사회 전반의 구조개혁이 필요하다

여행은 누구에게나 가슴 설레는 일이다.

내가 다녀온 나라 중에 덴마크가 신선한 충격으로 다가왔다. 국회의원이 자전거로 출퇴근하는 나라다. 국회의원이 특별한 직업이 아니고 택시 기사와 의사가 스스럼없이 함께 어울리는 나라가 덴마크다.

덴마크에서는 누구나 공공기관의 대표자를 만나도 직위 대신 상대방의 이름을 직접 부른다. 그들은 수평적 호칭을 사용하여 신분의 상하를 드러내지 않는다는 점이 우리와는 크게 달랐다. 유엔의 '세계 행복 보고서'에서 행복지수 1위 국가로 발표된 것은 결코 우연이 아님을 확인할 수 있었다.

우리 사회는 유독 상하관계를 따지고, 갑과 을이 존재하는 사회다. 수면 아래에서 숨을 죽이며 견뎌왔던 을의 그늘진 모습이 이런저런 형태로 세상에 알려지면서 갑은 갑대로, 을은 을대로 저마다의 처지에 따라 발생하는 사건들에 대하여 공감하기도 하고 울분을 토하기도 한다.

지난해에 만취된 청와대 모 행정관이 택시를 타고 가다가 잠을 깨운 택시 기사에게 "내가 누군지 알아?" 하고 들이대며 택시 기사를 폭행한 사건이 있었다. 최근에도 KTX에 탑승하기 위해 서울역 플랫폼까지 관용차를 타고 들어가 공공시설을 사유화한 황모 국무총리 이야기와 1년 동안 교체된 운전기사만 40여 명에 달한다는 대기업 부회장의 슈퍼 갑질 논란이 아직도 뜨겁다. 잠재된 우리 사회의 특권의식을 드러낸 행동들이다.

요즘 우리 사회는 총체적인 사회 병리 현상으로 신음하고 있다. 체면과 명예는 뒷전이다. 남이야 어떻게 되든 나만 잘되면 그만이고, 한번 잡은 권력은 최대한 오래 누려야 한다는 식이다. 비리에 연루된 지도자가 수감 직전까지도 한 점 부끄러움이 없다는 듯 고개를 곧추세운다. 명예를 소중히 여기며 살아온 우리에게 염치는 이미 박제가 되어버린 듯하다.

청년들의 가슴을 멍들게 하는 대표적 적폐가 '고용세습'이다. 청년실업 문제가 한국 사회의 만성적인 고질병으로 자리 잡아가고 있다. 현대판 음서제로 지탄받는 직원 자녀 우선채용이나 특별채용 사례가 좀처럼 사라지지 않고 있다. 요즘도 귀족노조가 여전히 자녀들에게 일자리를 대물림하는 '고용세습'을 유지하고 있다. 대학을 졸업한 후 멀쩡한 자식이 집에서 어깨가

처진 채 있으면 이를 지켜보는 부모들은 애간장이 탄다.

지금이 바로 우리 사회 전반의 구조개혁이 절실한 때다. 심상치 않은 부의 편중에 따른 양극화를 바로잡고, 투명하고 공정한 사회를 만들기 위한 특권층의 기득권 내려놓기가 필수 과제다. 선거할 때만 되면 내려놓겠다던 국회의원의 특권은 해가 갈수록 오히려 높아만 가 대국민 약속은 지켜지지 않고 있다.

국민이 주인 되는 민주공화국이다. 다음 국회의원 총선에서 이 나라 주인인 국민의 뜻을 분명히 전해야 한다. 링컨은 "투표는 총알보다 강하다."라고 했다. 국민이 주인 되는 나라를 만들기 위해 국민이 심판해야 한다.

송민석 순광보다 역광이다

출마자들이 눈치를 살피는 것은 지역 유권자가 아니다. 그들이 촉각을 곤두세우는 것은 공천권을 행사하는 사람임은 누구나 아는 사실이다. 선거할 때만 되면 표를 얻으려고 지역 주민을 받드는 척할 뿐이다. 그러니 유권자의 말을 제대로 귀담아듣겠는가? 총선을 앞둔 요즘 정치판이 요동치고 있다. 다음 선거를 통해 국민이 얼마나 무서운지 확실히 보여주어야 한다. 한국의 정치 풍토를 바꾸는 힘은 유권자의 한 표 한 표가 쌓여 나오는 것임을 잊지 말자.

(2016. 4. 6)

할머니의 들깨 수확

마늘 건조 작업장

어촌의 하루 Ⅱ

달집 태우기(낙안읍성)

# 김 교사와 초보 교장

# 김 교사와 초보 교장

첫 교장 발령을 받았던 학교 전경이 '2012 여수세계박람회' 홍보물에 나올 때마다 가슴이 뛴다.

여자고등학교 교감에서 같은 시내에 있는 학생 700명 규모의 남자중학교 교장으로 승진발령을 받았다. 오동도가 빤히 내려다보이는 언덕배기에 있는 학교다. 엑스포 박람회장에서 시내 쪽으로 가장 먼저 눈에 띄는 학교다. 능력보다 과분한 학교여서 잘 해낼 수 있을까 걱정이 앞서기도 했다.

첫 입학식이 있던 날이었다. 교장실에서 창밖 운동장을 내다보니 승용차가 100여 대가 넘을 정도로 학부모들이 꾸역꾸역 몰려들고 있었다. 구령대에서 전교생을 지도하는 학생부장의 쩌렁쩌렁한 마이크 소리가 들렸다. 새 교장에 대한 호기심이 집중된 가운데 운동장에 마련된 입학식장으로 향하는 초보 교장의 발걸음이 휘청거렸다. 순간 교장인 내가 긴장하면 선생님들은 어떨까 하는 생각이 들자, 아랫배에 힘을 주고 당당하게 임했던 기억이 새롭다.

입학식을 마친 오후 전교조 활동으로 해직되었다 복직한 김 모 교사가 교장실을 노크하였다. 첫 대면에서 김 교사는 대뜸 교장실 벽면에 걸린 교장들의 사진을 가리키며 "역대 교장 선생님들 사진들 게시하는 것은 권위주의 산물이 아닌가요?"라고 했다. 순간 당황스러웠다. 그것도 첫 만남에서 교사가 학교장을 시험해 보는 듯한 느낌을 받았기 때문이다.

"좋습니다. 김 선생님의 말씀에 동의합니다. 그러나 선배 교장들이 걸어둔 것을 후배 교장이 마음대로 내릴 수는 없습니다. 다만 제 사진을 거는 문제는 생각해 보지요."라며 설득해 보냈다. 3년이란 해직 교사 시절을 거치면서 학교경영에 대한 불신이 켜켜이 쌓여 있는 것처럼 보이는 김 교사를 보면서 뒷맛이 개운치 않았다. 걸핏하면 행정실에 찾아와 많은 요구를 하는 김 교사는 이미 교내에서 귀찮은 존재였다.

그 후, 한 학기가 지나면서 김 교사는 점차 우호적으로 변해 갔다. 10월 말쯤 후학기 확인 장학지도가 있던 날, 교장실에 김 교사가 불쑥 나타났다. 그가 장학사들 앞에서 학교에 대한 불만을 토로하려는 것은 아닐지 내심 긴장이 되었다.

그런데 김 선생님의 행동은 과거와는 전혀 달랐다. 자기가 20년 동안 교직 생활을 하는 중에 우리 학교처럼 민주적인 학교경영은 처음 본다면서 학교 자랑을 늘어놓기 시작했다. 사전에 입을 맞춘 것만 같아 장학진들 앞에서 낯이 뜨거웠다. 평소 교실 수업 중에도 간혹 학교 자랑을 한다는 소식을, 학부모를 통해 들은 적이 있었다. 시내 전교조 선생님들 모임에서도 시내 학교 중에서 민주적 학교경영을 잘하는 학교 순번을 매기는 등 학교 간 정보를 주고받는다는 소식이었다.

학교장은 다양한 의견을 수렴하여 나갈 방향을 제시하면서 작은 일에는 눈감아야 한다. 나룻배의 삿대 역할을 하는 것이 지도자의 역할이라 믿는다. 배가 수심이 얕은 곳에 걸려 나가지 못할 때는 삿대질해서 배가 앞으로 나아갈 수 있게 해야 한다.

하지만 위기를 벗어나 순풍을 만나 달릴 때는 배 위에서 설치게 되면 방해가 될 뿐이다. 지도자로서 디딤돌은 못될망정 시시콜콜한 것까지 챙기는 걸림돌이 되어선 곤란한 일이다.

학기 초에는 김 교사가 학교경영에 부담이 되었던 게 사실이다. 그러나 지금 생각해 보면 김 교사가 없었다면 초보 교장으로서 너무 과욕을 부려 선생님들에게 걸림돌이 되지 않았을까 싶다. 그와 같은 혁신적이고도 바른말을 할 줄 아는 교사가 있었기에 관내에서 처음 교육부 '전국 100대 교육과정 우수학교'로 선정되는 영광도 얻었다.

사람은 누구나 약점이 있기 마련이다. 따라서 상대방의 약점을 건드리지 않고 서로의 부족한 부분을 채워주는 집단이 행복한 일터가 될 것이다. 학교장으로 부임하던 날, 첫 교직원 모임에서 서로를 다치지 않게 부둥켜안을 수 있는 '고슴도치 사랑법'을 강조하였던 것이 엊그제만 같다.

(2011. 10. 26)

# 경술국치의 아픈 기억

매년 9월 18일이 되면 선양, 하얼빈, 창춘, 난징 등 중국 100여 개 도시에서 경보음을 울린다고 한다. 일본의 만주 침략 전쟁을 기억하자는 의미의 사이렌이다. 일본이 만주를 침공한 1931년 9월 18일을 중국인들은 치욕의 날로 여긴다. 이렇듯 중국 내 항일 유적지 어느 곳을 가더라도 '국치를 잊지 말자 [勿忘國恥]'라는 글귀를 쉽게 볼 수 있다.

우리는 어떤가. 해마다 8.15 광복의 감격을 되새기는 사람은 많지만, 경술국치(庚戌國恥)를 제대로 아는 이가 드물다. 일제에 의해 주권을 빼앗겨 식민지로 전락한 치욕의 날이 1910년 8월 29일이다. 오늘이 바로 108번째 맞는 경술국치일이지만 달력, 수첩 어느 곳에도 특별한 날로 표시되어 있지 않다. 진영 논리에 집착해 '국치를 잊지 말자'라는 역사의 본질과 교훈적 의미를 내팽개치고 있는 것 같아 마음이 편치 않다.

지리산 구례 땅에 은거하던 한 선비가 1910년 한일 강제 병합 소식을 듣고 절명시(絶命詩) 4편을 남기고 자결하였다는 소문이 삽시간에 퍼졌다. 그러자 선비들은 그의 시를 너도나도 베껴 외웠는데 그 한 구절을 보면 이러하다.

금수도 슬피 울고 산하도 찡그리니/ 무궁화 세상은 이미 망해 버렸다네/ 가을 등불 아래서 책 덮고 회고해 보니/ 인간 세상 식자 노릇 참으로 어렵구나

-황현의 절명시

당시 경남일보 주필이자 〈시일야방성대곡〉을 썼던 장지연이 매천 황현(黃玹) 선생의 절명시를 경남일보에 게재했다가 조선총독부에 의해 결국 폐간되는 필화사건이 되었다. 광양에서 태어나 구례에서 성장한 황현 선생의《매천야록》에는 이런 구절도 있다.

"나는 (벼슬하지 않았으므로 사직을 위해) 마땅히 죽어야 할 의리는 없다. 단지 나라가 오백 년간 사대부를 길렀으니, 이제 나라 망하는 날에 한 사람도 죽지 않는다면 그 또한 애통한 노릇이 아니겠는가."

황현이 스스로 삶을 마감하자, 경상도와 전라도의 선비들은 돈을 모아 그의 문집《매천집》을 간행했다. 그가 남긴 기록들은 '항일 문화유산'의 모습으로 지금 우리에게 다가오고 있다.

박은식의 《한국 통사》에 따르면, 우리의 주권을 일제에 빼앗긴 망국을 한탄하며 목숨을 끊은 전국의 선비는 28명이다. 조정의 모든 벼슬아치와 각 고을을 다스리던 360여 수령 가운데 현직은 금산군수 홍범식과 주러시아 공사 이범진 2명뿐이다.

고려가 망할 때 많은 충신이 두문동으로 들어가 끝까지 충절을 지켜 고려의 망국을 슬퍼했다. 그러나 반만년의 역사와 3,000리 강토, 1,500만 민중을 일제에 바친 조선의 황실과 내각은 지극히 평온한 모습이었다.

합병조약이 조인되고 왕실 일가와 후손의 예우 보장이라는 말을 믿고 망국의 책임을 져야 할 이완용 내각의 고관대작들이 무더기로 훈장을 받는 어처구니없는 일이 벌어졌다. 순종은 조약을 성사시킨 '공로'로 이완용에게 최고 훈장까지 수여한다.

나라가 강대국의 틈바구니에서 생사의 갈림길에 처했을 때 하나로 결속하지 못한 대가는 혹독했다. 조선을 식민지로 만든 일본제국주의는 태평양전쟁까지 일으키고 숱한 젊은이들을 학도 지원병과 강제노역 등으로 전쟁터와 군수공장으로 내몰았다. 해방 이후 남북분단과 처절한 동족상잔의 비극도 그 후유증이 아닌가.

이완용과 데라우치가 한일병합 조약을 체결한 곳이 서울 남산 자락의 통감 관저다. 이 땅에 식민 사회가 시작된 국치의

현장이다. 그 치욕의 터가 '위안부 기억의 터'라는 공원으로 3
년 전 문을 열었다. 일본군 위안부의 역사를 기리는 반전의 장
소로 탈바꿈한 것이다.

　단재 신채호 선생은 "역사를 잊은 민족에게는 미래가 없다"
라고 했다. 광복절과 함께 국치일을 잊지 말자. 부끄러운 역사
를 용기 있게 드러내고 지난날의 치욕을 되풀이하지 않겠다는
다짐과 성찰이 절실한 오늘이다.

(2018. 8. 29)

제 4 부 김 교사와 초보 교장

# 국격을 높이는 자 누구인가

오래전 일이다. 영국에서 흥미로운 일이 일어났다. 귀족제도의 존폐에 관한 여론조사를 했었는데 의외의 결과가 나왔다. 폐지 여론을 기대했으나 압도적인 다수가 귀족제도를 유지해야 한다는 응답이 나온 것이다. 조사 당국은 머쓱해졌다. 근대민주주의를 정착시킨 영국인들이 이처럼 봉건적인 귀족제도에 애착을 갖는 것은 귀족들이 앞장서 자기희생으로써 사회공동체를 지켜온 역사를 조상 대대로 경험했기 때문이다.

노블레스 오블리주(noblesse oblige)는 프랑스어로 '귀족의 의무'를 뜻한다. 일반적으로는 부와 권력, 명성은 사회에 대한 책임과 함께 해야 한다는 의미다. 로마 제국 2천 년의 역사를 가능하게 한 것은 다른 것이 아니었다. 바로 로마인들의 노블레스 오블리주였다. 로마의 귀족들은 사회적 기부, 봉사 등의 일반적인 전통뿐만 아니라, 전쟁이 일어나면 즉각적인 참전이 자신들의 의무이자 명예로 여겼다.

우리는 어떠한가. 2010년 천안함 피격 사건 당시 비상 대책을 논의하기 위해 청와대 지하 벙커에 모인 사람은 대통령, 국정원장, 감사원장, 국무총리, 여당 대표 등 모두 병역면제자들이었다. 선진국 사회지도층의 노블레스 오블리주가 부럽게 느껴지는 것은 우리 사회지도층의 책임 불감증 탓이다.

많은 특권을 누리면서도 책임과 의무는 하지 않고 지도층을 자처하는 사람이 많은 우리 사회다. 나라의 최고위 지도층 인사들까지 갖은 이유와 핑계로 병역의무를 치르지 않고도 위정자의 자리에 있으니 나라 기강이 제대로 설 수 있겠는가.

우리 정치는 대화가 실종되고 대립이 난무하는 후진적 수준을 벗어나지 못하고 있다. 이어령 교수는 국격을 높이려면 "우리 안의 '천격(賤格)'을 걷어내는 일부터 시작해야 한다."라고 강조한 바 있다. 작은 허물이 있다고 해서 그 사람을 싸잡아 거친 말로 공격하는 것은 인격의 천박함을 드러낼 뿐이다. 정치는 대화와 타협의 산물이다. 코로나 이후 일상의 변화로 우울감이나 무기력증이 늘어나는 상황에서 품격 있는 정치가 아쉬운 요즘이다.

어디 정치인뿐인가. 더 많은 부와 권력을 자녀에게 물려 주려는 재벌들의 재산상속도 문제다. 카네기처럼 자신의 부를 사회에 환원하지는 못하더라도 자신이 번 돈에 대한 세금은 정당하게 내는 게 부자의 도리가 아닌가. 미국의 부자가 존경받는 가장 큰 이유는 그들이 부를 축적한 뒤에 쓰는 과정에서 찾을 수 있다. 대부분의 갑부가 살아 있을 때 많은 재산을 사회를 위해 다시 기부하고 세상을 떠날 때는 자녀에게 물려주기보다 사회에 헌납하는 경우가 많다.

부자라면 무조건 색안경을 끼고 보는 세태도 문제지만 절세(節稅)라는 명분으로 탈세를 부끄러워하지 않는 일부 재벌들의 의식도 문제다. 우리 사회에 부자가 특별 관리 대상이 되는 것은 경주 최부잣집이나 유한양행을 창업한 유일환 박사와 같은 청부(淸富)가 드물기 때문이다.

서울 강남에 고급 아파트를 가진 사람 중에서도 "집값이 폭락하더라도 국토의 균형발전을 위해 수도는 지방으로 이전해야 옳다."고 주장하는 사람도 나올 수 있는 사회가 되어야 한다. 우리 보수에는 이런 노블레스 오블리주가 보이지 않는다.

"우리 학교는 자신이 출세하거나 자신만이 잘되기를 바라는 사람은 원하지 않는다. 사회나 나라가 어려울 때 제일 먼저 달려가 선두에 설 줄 아는 사람을 원한다." 보리스 존슨 총리를 비롯한 수많은 정관계 지도자를 배출한 영국 대표 명문 고등학교인 '이튼스쿨' 학교장이 졸업식에서 한 송별사 내용이다.

세월호 사건 때 팽목항으로 달려간 하루 평균 2,000여 명이 넘는 자원봉사자들은 누구보다 귀한 행동으로 국격을 높인 분들이다. 노블레스 오블리주 정신은 단지 일부 사회지도층이나 재벌에게만 해당하는 용어가 아니다. (2020. 11. 11)

# 노년을 잘 살아야 성공한 인생이다

새해 설렘이 클수록 젊음이고, 아쉬움이 클수록 나이 듦의 징표라고 한다. 나이가 들수록 해가 바뀔 때마다 세월을 역류하고 싶은 열망이 강렬해지는 것은 보통 사람들의 공통된 감정이다.

어릴 적 이웃집 할아버지 회갑연을 성대하게 치르던 기억이 새롭다. 초가지붕 밑에서 병풍을 두르고 긴 수염에 갓을 쓴 할아버지를 중심으로 올망졸망 손자 손녀들과 일가친척이 모여 읍내 사진관에서 달려온 사진기사가 검은 보자기 속을 들여다보며 가족사진을 찍던 것이 50년대 우리들의 모습이었다.

현재 우리나라는 세계에서 유래를 찾아볼 수 없을 정도로 빠르게 고령사회로 접어들고 있다. 지난 1960년대 우리나라 사람들의 평균수명은 52세였으나 2013년에는 82세가 되었다. 요즘은 매년 0.5세씩 올라가고 있다. 이런 식으로 평균수명이 늘어난다면 앞으로 90세, 100세가 될 날도 멀지 않았다. 요즘은 회갑은커녕 칠순 잔치도 보기 힘들다.

지난 연말에 연거푸 영화 두 편을 보았다. 《임아, 그 강을 건너지 마오》와 《국제시장》이다. 주인공들의 모습에 공감하며 아내와 함께 눈시울을 붉혔다. 특히 월남전에 참전한 나로서는 어렵게 '보릿고개'를 넘기던 그때 그 시절의 추억이 겹치면서 마음이 울컥했다.

《국제시장》에서 주인공 '덕수'와 같은 온갖 역경을 이겨낸 아버지 세대가 있었기에 오늘의 대한민국이 가능했다고 본다. 한국의 근현대사를 직접 몸으로 경험하면서 월남전에 참전하고, 독재에 항거하여 민주주의를 쟁취하고, 산업사회 건설의 견인차로 젊은 정열을 쏟았던 그 시절의 청년 주역들이 설 자리를 찾지 못하고 쓸쓸히 시대의 뒷전으로 밀려나고 있다.

초고령사회의 도래를 경고하는 전문가들은 '이모작 인생'을 준비하라고 강조한다. 전반부 인생의 소출에 기대어 후반부 인생을 엉거주춤해서는 안 된다는 것이다. 어떤 씨를 뿌려, 어떤 열매를 거두느냐는 전적으로 개인의 준비에 달려 있다. 오래 산다고 해서 무조건 좋은 것은 아니다. 노년을 잘살아야 성공한 인생이다. 그러자면 사전에 치밀한 준비가 필요하다. 자기가 좋아하는 일을 스트레스받지 않고 즐겁다면 그것이 바로 이모작이 아닐까. 늙었다고 남은 세월 포기하고 공짜 전철 타고 시간 죽이며 여기저기 기웃거리지 말자.

송민석 순광보다 역광이다

인구학 통계에서는 65세 이상을 노인으로 정의하고 있다. 조선조의 황희는 68세에 영의정에 올라 86세에 은퇴했다. 나이 들수록 곱게 익어간다는 소리를 들어야 지인들에게 대접받는다. 좋은 친구가 많은 사람은 행복지수도 높다고 한다. 다산 정약용 선생은 노년의 즐거움을 해학적으로 이렇게 표현하고 있다. "대머리가 되니 빗이 필요치 않고, 이가 없으니 치통이 사라진다."라고 했다. 이처럼 어떻게 생각하느냐에 따라 늙음의 운치를 느낄 수 있다.

《노년의 즐거움》의 저자 김열규 교수는 "왜 위인들의 초상화는 대부분 노년의 얼굴을 하고 있을까?"라고 묻는다. 정신이 원숙해지고 지식이 완숙해지는 노년이야말로 인생 최고의 황금기이며 이 시기의 얼굴은 꽃보다 아름다운 시기라고 강조한다.

한 젊은이가 95세의 노인에게 물었다. "어르신께서 지금에 와서 가장 후회가 되는 일은 무엇입니까?" 노인은 이렇게 대답했다. "내가 70살이 되었을 때 25년이나 더 살게 될 줄 모르고 아무것도 배우지 않은 것이라네." 한때 인터넷에서 떠돌았던 이야기다.

(2015. 1. 21)

황금물결(보성)

선생님과 함께(전주 덕진공원)

# 이웃과 소통하는 온정의 손길

날로 인정이 메말라 가고, 사회는 황폐해지는 것처럼 보인다. 그러나 주위를 살펴보면 '오른손이 하는 일을 왼손이 모르게' 나누고 베푸는 인정이 아직 살아 있음을 여기저기서 발견할 수 있다.

지난 1월 보도 사진 한 장이 장안의 화제였다. 함박눈이 쏟아지는 날이었다. 서울역 앞 광장에 있던 사진 기자가 찍은 사진 한 장이 '감동의 물결'로 다가왔다. 하얀 눈 위의 두 사람이 껴안고 있는 사진이었다. 멀리 있던 기자가 다가가 자초지종을 물었으나 이미 선생을 베푼 사람은 잠바와 현금 5만 원까지 쥐여 주고 총총히 사라진 후였다. 한 노숙인이 '너무 추워 커피 한 잔을 부탁'하자 길 가던 신사가 선행을 베푼 것이었다. 그분의 선행으로 인해 따뜻함을 느낀 건 수천수만의 주민들이었다. 그와 함께 산다는 것이 자랑스러웠다.

어디 그뿐인가. 지난해 경기도 용인에서 과일가게를 운영하는 한 자영업자는 코로나가 확산하면서 임대료 부담으로 어려움을 겪자, 용기를 내어 '월세를 10만 원이라도 깎아주시면 힘이 될 것 같다'라는 문자를 임대인에게 보냈다가 다음날 계좌로 100만 원이 입금된 것을 보고 깜짝 놀랐다고 한다.

이렇듯 온정의 손길을 내미는 사람들이 있어 세상은 살만하다. 선행을 통해 얻는 즐거움은 바로 행복감이다. 남을 돕고 싶다는 생각이 있어도 망설여지고 선뜻 행동으로 옮기기 쉽지 않은 세상이다. 그러나 조금만 용기를 내면 어려운 이웃을 돕는 길은 얼마든지 있다. 가진 것이 많아야 남을 도울 수 있는 것은 아니다.

좁은 골목길에서 폐휴지를 주워 살아가는 노숙자의 아픈 마음을 이해하거나 공감력을 키워나갈 때 사회적 집단 면역도 높아질 것이다. 고급 차를 탈수록 사회적 공감 능력이 떨어진다고 싸잡아 이야기해서도 안 될 일이다. 전망 좋은 집에서 나만의 행복을 꿈꾸는 세상이 아니라, 어려운 이웃과 소통하며 자신의 것을 나눌 수 있을 때 인간의 가치는 더욱 빛나는 것이 아닐까 싶다.

전남 구례군 토지면 오미리에는 문화류씨 10대 종가인 '운조루(雲鳥樓)'가 있다. 조선 영조 52년(1776년)에 낙안군수 류이주 선생이 지은 99칸짜리 양반 가옥이다. 운조루가 유명한 것은 쌀이 3가마나 들어가는 쌀 뒤주 때문이다. 200여 년 된 원

통형 뒤주 아랫부분의 마개에는 "누구나 쌀 뒤주를 열 수 있다."라는 뜻인 '타인능해'(他人能解)'라고 네 글자가 적혀있다. 즉 운조루의 주인이 배고픈 사람은 누구든지 와서 뒤주를 열어 쌀을 퍼갈 수 있도록 한 것이다.

운조루에서 마을 사람들에게 베푼 쌀은 한 해 수확량의 20% 정도였다고 한다. 이 뒤주는 호젓한 집 뒷골목으로 들어올 수 있어 길가는 이웃과 마주치지 않는 자리에 뒀다. 동네에서 배를 곯는 사람이 없도록 배려한다. 운조루의 주인이 실천하고자 했던 '나눔의 실천'은 이웃과 공존하려는 한국판 '노블레스 오블리주(Noblesse Oblige)'의 전형이다.

생활을 같이하는 공동체는 서로 기댈 수밖에 없고 나아가 연대해야 한다. 그래야 공동체의 삶이 가능하다. 어려움을 호소하는 이에게 위로의 말을 건네는 것이 바로 연대의 시작이다. 우리는 지금 서로를 붙들어주고 있는가? 이는 '코로나19'가 인간에게 던진 질문이다.

살다 보면 바쁜 생활 속에서 가끔은 삶이 권태롭게 느껴질 때가 있다. 이러한 권태는 우리 주변에서 고통받는 이들의 깊은 곳을 응시하지 못할 때 발생하는 현상이다. 항상 고요한 마음의 상태 즉, 평정심을 유지하는 비결은 어려운 이웃에 따뜻한 관심을 보일 때 가능하다고 전문가들은 조언한다.

"우리는 살면서 나만 생각해서는 안 된다. 거리의 친구들이 건강하고 바이러스에 걸리지 않아야 동네 사람 모두 건강하게 잘 살 수 있다."라고 한 30년 전 한국에 와서 사제서품을 받고 성남에서 노숙인들을 대상으로 매일 무료 급식을 하는 이탈리아 출신 김하종 신부의 말씀을 되새길 때다.

(2021. 2. 24)

제4부 김 교사와 초보 교장

# 절제 교육과 살맛 나는 사회

사회적 기본 질서가 점차 사라져 가고 있는 듯하다. 엘리베이터 안에서도 남녀를 불문하고 인사는커녕 먼저 내리기 경쟁이다. 호젓한 계곡이나 후미진 산길에서 등산객이 버리고 간 쓰레기, 경기 끝난 경기장 주변에 쌓인 쓰레기 더미를 볼 때 가정교육이 점차 상실해 가고 있는 듯하다.

농경사회에서는 '엄부자모(嚴父慈母)'의 교육 기능이 있었다. 부모뿐 아니라 같은 마을의 어른들도 남의 아이들 교육에 가담하고 있었다. "네가 누구 집 아이냐?"라고 캐묻는 동네 어른들이 바로 아이들의 교육을 담당하기도 했다. 그러나 우리 사회가 산업화, 도시화 되면서 그런 교육적 기능은 사라진 지 오래다. 길가는 청소년의 잘못을 꾸중하고 나무라는 어른을 이제는 찾아보기 힘들다.

초등 교사들에 따르면 갈수록 아이들을 가르치기 힘들다고 한다. 자녀가 하나, 또는 둘밖에 없는 가정은 모든 시선이 아이에게 집중해 있다. 그래서 교실에서 자기에게 말 걸어오지 않는 교사에게 주목하지 않는다고 한다. 그리고 내 옆에 다른 사람이 있다는 것을 전혀 의식하지 않고, 오직 자기만이 세계의 중심에 서 있는 듯 행동하는 아이들도 있다고 한다.

식당이나 공공장소에서 아이들이 신발을 신고 의자에 오르고, 안방처럼 뒹굴고 뛰어다니며 소란을 피워도 그저 바라만 보는 부모들도 있다. 미국 부모들은 가정교육을 통해 '남을 돕고 살라'는 점을 강조하고, 일본 부모들은 '남에게 폐를 끼치지 마라'는 교육을 강조한 데 비하여, 한국 부모들은 '기죽지 말고 살라'는 식이다.

가정에서 제멋대로 자란 아이가 자라서 이것저것 규제가 심한 사회에 적응하지 못하고 반감을 갖는 등 인격 장애아가 될 수 있다. '안 돼'라고 말하는 절제의 교육에 좀 더 적극적으로 나서야 한다. '자식에게 약간 부족한 것이 지나친 것보다 낫다.'라는 탈무드에 나오는 말을 음미해 볼 필요가 있다.

20여 년 전 서울의 지하철에서 중학생이 자리를 양보할 줄 모른다고 주의를 준 노인을 뒤쫓아가 지하철 계단에서 밀어뜨려 사망케 한 사건이 발생했다. 이 사건을 두고 일부에서는 중학생을 타이르는 방법에서 너무 공개적인 모욕을 주었기 때문이라고 했다. 시대가 바뀌었는데 노인은 옛날처럼 아이의 입장을 전혀 고려하지 않는 것은 잘못이라는 것이었다. 과연 그렇게 중학생을 두둔하는 것으로 끝낼 일인가?

과거 우리의 농촌사회에서는 함께 살아가는 이웃들과 모든 것을 함께 했다. 기쁜 일, 슬픈 일을 함께하고, 자랑스러운 일도 함께 나누고, 불명예스러운 일도 함께 책임을 졌다. 집안에 어른이 있고, 동리에 어른이 있고, 나라에도 어른이 있었다. 어른은 지혜와 경륜을 쌓아 존경의 대상으로 공동체적 삶에 있어서 지도적 역할을 해왔다. 그런데 요즘 우리 사회에서는 잘못을 따끔하게 충고하는 어른이 사라졌다. 동네에서나 가정에서 어른들은 한 발 뒤로 물러섰다.

시대적 상황이 어른들의 권위를 인정하지 않는 탓도 있지만 어른들 스스로 포기하고 물러나 앉아버린 것이다. 서울의 지하철에서 중학생에게 자리를 양보하도록 야단친 노인은 어쩌면 우리 사회에서 필요한 존재인지도 모른다. 어린 청소년을 가르치는 것은 어른들의 일이다. 우리 모두 야단치는 노인들 도와 무엇이 옳고 그른가를 가려 주어야 한다.

사람 사는 세상이란 변하는 것도 많지만 변할 수 없는 것도 있음을 알아야 한다. 갈수록 사회는 복잡다기해지면서 삶의 질이 요구되는 사회로 변화되고 있다. 가정교육이 살아 있고, '장유유서(長幼有序)'를 가르치고, 야단칠 수 있는 어르신이 존재하는 나라, 이런 나라가 살맛 나는 멋진 사회다.

(2003. 6. 20)

# 세계와 벽을 쌓는 한국 교육

서울 강남 아파트값 폭등 원인 중 하나는 고액 학원가가 밀집돼 있기 때문이라고 한다. 자녀가 공부를 잘하든 못하든 과외를 시키지 않으면 내 아이만 손해라는 강박관념이 학부모를 심리적, 경제적으로 압박하고 있다.

한국인을 괴롭히는 가장 큰 스트레스는 과잉 경쟁이 아닐까 한다. 남을 의식하는 비교 의식과 과잉 경쟁으로 인해 사회적 스트레스가 쌓여간다. 사람들은 모바일과 소셜미디어를 달고 살면서 비교문화에 노출되어 있다. 값비싼 장식품과 명품 사진들을 올리고, 남들에게 자기 자랑을 하는 것이 이제는 부끄러운 일이 아닌 세상이다.

11월 수능이 끝나고 나면 입시학원의 수능 배치표 한 장에 서울대 의대부터 지방 전문대학까지 전국의 모든 대학과 학과가 한 줄로 세워진다. 강남 대치동 학원가에서 온라인 강의로 명성을 크게 얻던 인기 강사들이 선망의 대상이 돼 요즘은 자산시장의 큰손으로 등장하는 세상이다.

대학 수능시험은 반복해서 치르면 점수가 오르게 되어있다. 돈을 들여 스펙을 쌓고 컨설팅을 받으면 수시 합격 가능성은 그만큼 올라가게 되어있다. 사교육과 입시경쟁은 동전의 앞뒤처럼 불가분의 관계를 이루고 있다. 부의 편중에 따른 양극화가 심상치 않은 상황에서 부의 대물림이 학력의 대물림을 가져오고 있다.

학생의 능력에 의해서가 아니라 부모의 경제력에 의해서 성적이 결정되고 세습되어 공정성의 문제가 제기된다. 사교육은 누구도 원하지 않는다. 그런데도 작금의 현실은 너도나도 모두 경쟁에 뛰어들 수밖에 없는 실정이다. 남을 믿지 못하니 나도 하지 않을 수 없는 '죄수의 딜레마' 같은 상황이다. 모든 사람이 피해자이면서 동시에 가해자다. 개미지옥처럼 알면서도 빠져드는 것이 사교육의 선행학습이다.

의대 정원이 확대되면서 의대 열풍이 교육계를 휩쓸고 있다. 올 초부터 초등학교 의대반이 우후죽순으로 생겨나고 있다는 보도다. 서울 대치동의 한 학원은 초등학교 2학년부터 다닐 수 있는 의대 준비반을 운영한다고 한다. 선행학습은 엄청난 사교육비 증가와 학년별 수준에 맞는 발달을 저해하는 만국 병이다. "한국인은 자신을 다른 사회 구성원과 끊임없이 비교해 남을 이기는 것이 행복해지는 길이라고 생각하는 사람이 많다."라는 게 학자들의 지적이다.

덴마크나 핀란드가 행복한 나라 1위인 것은 모두 부자여서가 아니다. 경쟁보다 협동을 가치 있게 생각하고, 나의 존재성이 남과 비교되지 않으며, 실패하고 조금 못살아도 그 자체가 의미 있는 도전으로 평가받는 사회이기 때문이다.

우리 사회는 우수한 학생이 되려면 모든 과목에서 뛰어나 총점이 남보다 1점이라도 앞서야 한다. 몇몇 과목을 뛰어나게 잘해도 소용이 없다. 현대 미술의 대가 피카소는 그림에는 어릴 때부터 탁월한 재능을 보였지만 초등학교 시절에도 읽기나 쓰기, 덧셈, 뺄셈도 서툴렀다고 한다. 그러나 스페인에는 그림 그리는 재능만으로도 입학할 수 있는 미술학교가 있었기에 피카소의 천재성은 그 꽃을 피울 수 있었다. 우리나라 같았으면 지진아 취급을 받아 낙오자로 일생을 마쳤을 것이다.

기업은 세계의 눈높이에 맞는 인재를 요구하고 있다. 21세기는 국경을 초월한 세계적인 네트워크가 형성되어 국가라는 경계가 점차 모호해지고 있다. 학생들의 진로 선택의 폭을 넓히기 위해 수능 중심의 입시제도에서 벗어나 다양한 평가 방식을 도입해야 한다. 우리는 언제까지 세계와 벽을 쌓고 우물 안 개구리처럼 '대학수학능력시험' 한판으로 인생이 결정된다고 믿는 어리석음을 청소년들에게 강요할 것인가.

(2024. 8. 28)

녹차 전망대(보성)

배롱나무(낙안 들녘)

# 입학사정관제 전형

입학사정관제 전형을 도입한 지 5년째다. 나는 서울대학교에서 입학사정관 전문 양성 훈련 프로그램을 6개월간 이수한 바 있다. 일반대학과 전문대학에서 입학사정관제를 지속적으로 확대하는 것은 물론, 일부 특목고에서 '자기주도학습 전형'이란 이름으로, 입학사정관제로 학생을 선발하는 것을 보면 입학사정관제가 입시의 핵인 것은 분명하다. 우리 교육의 현실은 대학입시 제도에 의해 좌우되고 있는 현실이다.

일부에서는 입시제도의 단순화를 주장하기도 한다. 수시전형 가짓수가 너무 많고 복잡해 교사들도 알기 어려워 사교육이 끼어들 여지가 많다는 지적이다. 과외활동과 스펙 관리, 심층 면접 등을 겨냥한 맞춤형 수시를 위한 사교육이 극성을 부릴 수 있다는 논리다. 그러나 대학 전형 방법이 수능이나 내신만으로 단순화할 때 획일적으로 될 수밖에 없어 더 많은 부작용을 이미 경험한 바 있다.

송민석 순광보다 역광이다

과거 수능성적만으로 입시학원 배치표에 따라 대학 가던 시절이 있었다. 적성보다는 주입식 암기 교육으로 점수에 맞추어 진학하다 보니 입시학원은 문전성시를 이루었고, 교권이 무너지는 등 공교육이 더욱 황폐해졌다. 자녀교육열이 유별난 우리로서는 어떤 입시제도에서도 완벽한 사교육 근절은 어렵다.

지금은 국제화 시대이고 세계를 무대로 하기 위하여 획일화된 틀 안에 마치 매트릭스에 나오는 복제인간같이 되어서는 안 된다. 좀 더 창의적이고 자기 계발을 하는 인간을 학교 교육의 틀 안에서 만들어 보려는 노력이 필요하다. 학생들이 자신을 알고 자신의 꿈을 키우고 체험하는 기회를 만들어 주는 것이 필요하다. 급변하는 사회에서 성적이나 석차에 의존하는 교육으로는 3~4만 불 시대를 기대하기 어렵다. 다원화된 사회에서 대학 전형 방법이 다양해질 수밖에 없다는 점을 간과해서는 안 된다.

다원화된 시대의 흐름을 적절히 반영한 제도가 입학사정관제다. 그동안 정량평가를 통한 기존의 성적 위주의 획일적 선발에서 학생의 잠재력과 대학의 특성을 고려한 다양한 요소를 바탕으로 정성평가를 실시하고 있다. 학교생활기록부, 자기소개서, 교사 추천서, 우수성 입증자료 등과 같이 다양한 전형 요소를 활용하는 것은 대학과 고등학교 교육 간의 연계가 미흡했던 문제들을 해결하는 계기가 되고 있다. 최근 들어 각급 학교에서 독서·토론 교육 등이 활성화되고 있는 건 입학사정관제에 따른 긍정적 변화의 한 예다. 교내 수상 실적과 이를 바탕으로 꾸며진 자기소개서를 통해 충분히 사정관들에게 어필할 수 있기 때문이다.

입학사정관제는 학생의 선발 방식을 점수 위주에서 적성과 소질, 잠재력 위주로 교육 구조를 바꾸는 출발점이 되고 있다. 문제는 투명성 확보가 해결해야 할 과제다. 특목고생 우대와 같은 공정성 논란에서 벗어나야 할 선결 과제다. 사실 백년대계인 교육정책이 5년이라는 특정 정권 집권 기간에 정착시킨다는 것은 가능하지도 않고, 기대해서도 안 된다. 미국에서 입학사정관제가 정착하는 데 100년 이상의 긴 시간이 필요했다.

우리는 정권이 바뀔 때마다 입시제도가 바뀌었다. 지난 50년 동안 14번이나 바뀌었으니 4년마다 바뀐 셈이다. 입시를 고칠 때마다 '공교육을 정상화해 사교육을 잡겠다'라는 역대 정권의 명분은 똑같았다. 지금까지 갖가지 방법을 다 경험해 보았다. 입시의 틀을 대선 공약 때마다 내놓은 것은 깊이 생각해 볼 일이다. 지속적이고 안정적인 입시제도를 얼마나 운용해 봤는지 우리 스스로 자문해 봐야 할 것이다.

(2012. 2. 29)

# 턱밑까지 다가온 지방 소멸

사진 촬영차 호젓한 시골길을 자주 찾는다. 지난 6월 남해안 바닷가에서 다시마 건조 작업을 하는 사람들을 만났다. 땡볕 아래서 작업하는 사람들에게 다가가 사진을 찍겠다는 말을 했으나 대답이 없었다. 언어소통이 되지 않는다는 것을 뒤늦게야 알았다. 몽골에서 단체로 들어와 집단 숙식을 하며 일하는 외국인 노동자들이었다.

요즘 섬 지역에서 한국인 선원 구하기가 힘들다고 한다. 내가 완도의 매생이 양식장에서 만나본 어구를 말리는 사람들도 대부분 동남아 출신자였다. 저출산·고령화로 인해 대부분의 농어촌이 붕괴하여 가는 같아 안타깝다.

'지방 소멸' 현상은 빠르게 진행되고 있다. 앞으로 30년 안에 전국 시군 가운데 3분의 1 이상이 '인구 소멸 지역'이 될 전망이라는 보도다. 경북 의성과 전남 고흥이 대표적인 지역으로 떠오르고 있다. 시골 읍 단위 오일장에서 팔팔한 젊은이를 찾아보기 힘들다. 대부분 지팡이나 보행기에 의지하는 노인들이다.

1970년도 100만 명을 웃돌던 신생아가 2018년에는 32만 명으로 줄었다. 올해 태어날 아이는 30만 명을 밑돌 수 있다는 우려가 앞선다. 여성 한 명이 평생 낳을 것으로 예상하는 '합계출산율'이 두 명은 되어야 겨우 현재의 인구를 유지할 수 있다. 그런데 우리나라는 지난해 0.98명으로 세계 최저를 기록하고 있다. 채 한 명도 되지 않은 합계출산율로 우리의 장래는 매우 어두울 수밖에 없다. 영국의 옥스퍼드대 콜맨 교수는 "한국은 저출산으로 지구상에서 소멸하는 첫 번째 국가가 될 것이다."라는 충격적인 지적을 했다.

'한국교육개발원'에 의하면 전남의 경우 초등학교의 절반이 전교생 60명 이하의 초미니 학교다. 1980년대 까지 초등학교에서 오전반, 오후반으로 2부제 수업은 아주 익숙한 풍경이었다. 그러나 요즘은 도시에서도 초등학교 한 반의 학생이 20명 수준이다.

인구 절벽에 따른 지방 소멸의 그림자가 스멀스멀 턱밑까지 다가오는 중이다. 1960년대까지만 해도 지방의 인재들이 서울보다 지방 국립대학 진학을 선호했었다. 요즘은 정반대가 되었다. '지방 대학'이라는 말은 '지방에 소재하는 대학'이라는 뜻보다 서울 소재 대학과의 '교육의 질적 열세'를 강조하는 말로 변했다. 거의 모든 청년이 대학도 직장도 서울에서 다니기를 원한다. 오죽하면 젊은이들 사이에 '지잡대'라는 말이 등장했겠는가. '지방대 교수', '지방 병원 의사'라는 용어가 존재하는 유일한 나라가 대한민국이다.

모두가 지방을 버리고 수도권으로 집중하면서 서울은 세계 최대의 과밀 도시가 된 지 오래다. 서울 집중이 가속화될수록 지방은 소멸 위험에 놓일 수밖에 없다. 또래의 지나친 쏠림현상으로 젊은이들의 과열 경쟁이 연애, 결혼, 출산도 포기한다는 이른바 '삼포(三抛) 세대'의 출현으로 연결된다는 지적이다.

수도권은 지방의 모든 것을 빨아들이는 '블랙홀'이다. 국토의 12%에 불과한 수도권에 전체 인구의 50%가 밀집된 현상부터 개선해야 한다. 국토 균형발전과 인구 분산이 절실하다. 지방이 살아야 나라가 산다. 일자리 창출로 청년들을 모으고 지역 특성을 살릴만한 아이디어로 사람들의 발길을 되돌리는 방안을 찾는 것이 지방 소멸을 막는 길이다.

"한국인들이 북한의 서울 포격 가능성은 거론하면서도 '출산율 저하'라는 또 다른 심각한 위험에는 완전히 침묵한다. 쉽게 이해가 가지 않는 대목이다."라고 《한국인만 모르는 다른 대한민국》의 저자 임마누엘 교수의 말을 되새겨야 할 지금이다.

(2019. 10. 2)

# 선거는 민주주의의 꽃

장관, 부총리, 국회의원을 두루 거친 한 정치인에게 기자가 어떤 자리가 가장 좋더냐고 물었다. 그는 서슴지 않고 '국회의원'을 꼽았다. 이유는 각종 특권과 함께 누릴 것은 다 누리는데 책임질 일이 없고 4년간 신분보장이 확실하다는 것이었다.

다가오는 국회의원 선거가 불붙고 있다. 국회의원 예비 후보자 등록 때부터 출마 예상자들이 속속 출사표를 던지면서 지역 정가가 술렁이기 시작한다. 자천 타천으로 선거철만 되면 고향을 찾아오는 인사들로 붐빈다. 정치적 노선이나 이념은 별문제가 되지 않는 듯하다. 해방 이후 선거 때마다 나타났다가 사라진 정당이 200개가 넘는다고 한다. 정당 간 이합집산을 통해서라도 국회 입성만 하면 장땡이다. 이런 풍토 때문에 다선(多選) 의원들은 존경받는 원로라기보다 우리 정치의 모든 병폐를 두루 섭렵한 퇴출 대상으로 꼽히기 일쑤다.

선거철만 되면 여기저기서 출신 지역, 출신학교, 문중이나 집안을 중심으로 편을 가르려는 비합리적인 몹쓸 태도가 불쑥불쑥 고개를 내민다. 또한 후보자 간 토론의 기회가 부족하다 보니 선거 막판으로 갈수록 상대방의 비리나 들춰내려는 폭로전이 기승을 부린다. 상대방을 꺾기 위해서라면 어떤 일도 마다하지 않는 듯하다. '제 흉 많이 가진 자가 남의 흉 잘 본다'라는 말은 선거판에 적용해봄 직한 말이 아닐까 한다.

유럽의 경우 부정한 짓을 저지르는 자는 철저히 '거짓말을 하는 사람'으로 낙인이 찍히면 공인으로서뿐만 아니라 이웃으로부터도 사람 취급을 받지 못한다. 이는 대부분이 개신교 국가인 유럽 선진국들의 공통점이기도 하다.

미국의 경우 공공 기관에서 내가 한 말은 그대로 믿어준다는 사실이다. 바보가 아닌가 싶을 정도로 상대방의 말을 곧이곧대로 믿어주는 것, 그것은 일종의 사회적 약속이다. 믿어주었는데 그것이 거짓으로 드러날 때 바로 범죄자가 된다. 그 거짓말에 대한 응징은 가혹하다. 이것이 한 사회가 신뢰를 쌓아가는 메커니즘이다.

그에 비해 우리는 어떤가. 지위가 높을수록 자기 잘못은 부끄러워할 줄 모르는 것 같다. 우리 사회는 아직도 부패의 관성이 곳곳에 남아 있음을 본다. 국회의원을 비롯한 사회의 지도층이 저지른 이권 개입이나 부정 청탁 의혹 사건들을 수도 없이 보아왔다. 모범을 보여야 할 사람들이 염치를 모르니 사람

사는 도리가 제대로 설 수 있겠는가.

이뿐인가. 생활 주변 곳곳에서 공공의식 부족 역시 어제오늘의 일이 아니다. 누구나 KTX 열차 안에서 독서를 방해하는 전화 통화에 신경을 곤두세웠던 경험이 있을 것이다. 이제 우리도 '내가 먼저'라는 강박관념에서 벗어나 상대방을 배려하는 국민이 되어야 한다.

북유럽 국가들의 국회의원처럼 비서도 없이 평범한 시민의 대표로서 자부심과 사명감으로 솔선수범하고 봉사하는 정신이 우리에겐 요원한 이야기일까?

선진국의 기본 틀을 세우려면 정치판부터 바꿔야 한다. 민주적 상식이 통하지 않는 정당정치를 바로 잡는 것은 유권자의 몫이다. 민생법안은 뒷전으로 하고 싸움질만 하는 국회가 된 것도 우리의 잘못된 선택 때문이다. 루소의 지적처럼 '국민은 하루 주인 노릇하고 4년 내내 종노릇'해서는 안 될 일이다.

선거는 민주주의의 꽃이다. 우리의 심부름꾼을 뽑는 기준은 말보다 그가 살아온 길을 먼저 살펴야 한다. 자신을 위해 살았는가, 남을 위해 살았는가, 봉사와 겸손의 자세를 지녔는가, 미래의 비전이 뚜렷한가, 하나하나 찬찬히 살펴봐야 한다. 이번 총선에서 누가 주인인가를 확실히 보여주자.

(2020. 1. 22)

# 인성교육의 요람은 가정

학교생활이 시작되는 3월이다. 일부 학부모들은 조기 교육을 구실로 학기 초부터 자녀에게 친구들과 어울릴 틈도 주지 않고 꽉 짜인 일과표 속에서 아이들을 몰아세우고 있다. 그럴수록 학습 과잉으로 인해 아이들의 학습 능력은 떨어질 수밖에 없다. 아이들이 마음껏 뛰어놀면서 상상력과 창의력이 쑥쑥 자라야 건강하고 행복한 사회가 될 것이다.

자녀 교육에 대한 욕심은 과도한 선행학습으로 연결된다. 학부모의 두려움은 내 아이만 뒤처진다는 불안감에서 나온다고 본다. 사실 별 욕심 없는 부모들도 주변에서 가만 놔두질 않는다. 선행학습을 시키지 않으면 자녀에게 무책임한 것이고, 교육을 포기한 것이라고 비난하니 흔들릴 수밖에 없다.

우리 아이들은 오늘도 현재의 행복이 아닌 미래의 승리를 위해 자정이 가까워서야 학원에서 집으로 돌아온다. 그리고 부모는 전쟁터에 내보낸 병사의 귀환을 기다리는 심정으로 아이가 올 때까지 밤잠을 설친다. 가정이 사람을 키우는 곳이 아니라 경쟁에서 살아남기 위한 전사(戰士)나 온실 속의 왕자나 공주를 키우는 장소로 전락한다면 우리 사회의 미래는 없다고 본다. 공동체를 지탱하는 건전한 윤리의식이 뿌리내릴 토양이 더는 축적될 수 없기 때문이다.

많은 학부모가 "공부만 해라, 나머진 엄마가 다 해줄게."라는 식이다. 제 방의 이부자리 정리는커녕 학교에 오가는 것조차 제힘으로 하지 않는다. 등·하굣길마다 자녀를 태운 승용차들로 번잡한 교문 앞은 북새통을 이룬다. 사랑과 교육을 구별하지 못하는 부모들에 의해 '해야 할 일과 해서는 안 되는 일'조차 분간하지 못하는 아이들이 늘어나고 있다. 공부만 잘하면 모든 것이 용서되는 버릇 없는 아이들을 키우고 있는 셈이다.

대가족 사회에서는 '엄부자모(嚴父慈母)'의 교육 기능과 '밥상머리 교육'이란 게 있었다. 아무리 핵가족사회라 할지라도 때로는 부모답게 엄한 훈육을 병행할 필요가 있다. 그래야 자식도 부모를 존경하게 된다. 응석받이에다 남을 배려하고 존중할 줄 모르는 아이로 키우게 되면 그 아이가 자라서 패륜이란 부메랑이 되어 돌아올 수 있다.

한국 교육의 가장 큰 문제는 '받기만 하는 어린애'를 양산하는 것이다. 과잉보호와 원칙 없는 보살핌이 가정교육의 주를 이루고 있다. 명문대 출신은 많아도 이웃과 공감하면서 사회적으로 존경을 받는 인물을 찾기 어려운 게 우리 사회다.

예의와 공중도덕을 붙잡고 가르친다고 하루아침에 되는 것이 아니다. 어려서부터 남을 배려하는 정신이 저절로 몸에 배도록 해야 한다. 인성교육의 요람은 가정이다. 킬리만자로의 표범처럼 배가 고파 굶어 죽을지언정 하이에나처럼 썩은 고기를 먹어서는 안 된다고 가르쳐야 절제와 염치를 알게 된다.

가진 것이 없어도 자녀에게 물려줄 수 있는 것이 가정교육이다. 말로만 가르치는 것이 아니라, 행동으로 직접 보여주어야 한다. 교육학자 루소는 "자식을 불행하게 하는 가장 확실한 방법은 언제나 무엇이든지 손에 넣을 수 있게 해주는 일이다." 라고 했다. 진정 자녀를 사랑한다면 온실 속 화초로 키우는 대신 야생화처럼 역경(逆境)을 선물할 수 있어야 한다.

"광야로 내보낸 자식은 콩나무가 되었고, 온실로 들여보낸 자식은 콩나물이 되었다."라는 정채봉의 〈콩 씨네 자녀 교육〉이 긴 여운을 남긴다. "맹목적으로 잘못된 사랑은 비뚤어진 사람을 만든다."라는 경구에 귀를 기울이며 새 학기 첫 출발을 슬기롭게 준비하자. 가정교육이 살아 있는 사회가 살맛이 나고 희망이 넘치는 사회다.

(2017. 3. 8)

제4부 김 교사와 초보 교장

# 남의 눈을 의식하는 사회

해외여행 중 목격했던 일이다. 유명 관광지마다 넘치는 한국 관광객들이 주위를 의식하지 않고 큰소리로 웃고 떠들어 한국인으로 부끄러울 때가 많았다.

요즘도 버스나 지하철을 타면 큰 목소리로 전화 통화를 하거나 일행과 떠드는 사람들이 있다. 무슨 중요한 일인가 해서 보면 별일도 아니다. 해도 그만 안 해도 그만인 허접스러운 잡담이 대부분이다. 조곤조곤 조용히 말해도 다 알아들을 텐데 왜 목소리를 높이는 것일까. 말의 내용이 부실하다 보니 목소리라도 커야 설득력이 있을 수 있다고 생각하는 것일까. 목소리 큰 사람이 이기는 사회는 문명사회가 아니다.

이런 현상은 우리 사회 곳곳에서 발견된다. 광장에 나가면 집회가 열리는 곳마다 어김없이 등장하는 북소리, 노랫소리는 귀를 먹먹하게 만든다. "나의 억울한 사정을 당신은 들어야 한다."라는 강요가 여기서도 나타난다. 이를 거부하면 불통이라고 강변한다.

확실히 우리 사회는 시끄러운 사회다. 페이스북이나 트위터 같은 사회관계망서비스(SNS)를 봐도 목청 큰 몇 사람이 담론을 지배하는 구조다. 사회가 시끄럽다는 것은 그만큼 안정감이 없다는 뜻이다. 도란도란 얘기해도 소통할 수 있는 사회가 안정된 사회이고, 품격 있는 사회다. 이제부터라도 제발 목소리를 낮추고 좀 조용히 살았으면 한다.

『멋지게 나이 드는 법』이란 책을 쓴 미국의 여류작가 도티 빌링턴은 "듣기보다 말하기를 좋아하면 늙었다는 증거이다."라고 했다. 자기 생각과 다른 의견에 호기심을 갖고 귀 기울이기보다 상대방 의견에 토를 달지 못해 좀이 쑤시기 시작하면 나이가 든 징조란다. "내가 해봐서 아는데…"를 연발하며 자기 생각을 강요하려 들면 환영받는 노인이 될 수 없다.

그게 어디 나이 든 사람들뿐일까. 자기 말 많이 하는 사람보다 남의 얘기 잘 들어주는 사람이 환영받는 세상이다. 상대방의 입장을 헤아리려고 애쓰는 사람, 한마디로 '공감'할 줄 아는 사람이 인기가 높다. 공감하기 위해서는 비판보다 상대방의 처지에서 생각하고 이해하려는 '적극적인 경청'이 필요하다.

이웃과 공감하는 삶이 더불어 살아가기 위한 조건이다. 그러나 요즘 우리 사회는 자기만의 과시욕이 점차 심화하고 있는 듯하다. 남에게 보여주기 위해 명품으로 치장하고, 더 큰 차,

더 넓은 아파트 등으로 물적 과시를 통해 타인으로부터 확인받고 싶은 인정욕구가 자리하고 있다. 이는 자아가 공허할 때 흔히 나타나는 현상이다. 남보다 앞서야 하고 인정받아야 한다는 욕구가 스트레스의 최대 요인이다. 타인의 시선이나 평가에 지나치게 얽매이지 말자.

사회적 성공도 마찬가지다. 과도한 신분 상승 욕구 때문에 타인에게 거짓말을 일삼다 결국은 자신마저 속이고 상습적으로 거짓말과 행동을 반복하는 반사회적 인격장애를 만든다. 이를 '리플리(Ripley)병'이라 한다. 이는 사회적 성취욕은 강하나 성공 가능성이 작을 때 점점 더 거짓말과 신분 위장을 하는 심리적 현상이다. 2007년 위조된 학력 증명서를 사용했다가 유죄판결을 받은 '신정아 사건' 이후 화제가 되었다.

요즈음 각종 학력 추문을 볼 때, 리플리증후군은 우리 사회의 고질병이 되었다. 실력이 아니라 간판이 중요시되는 우리 사회가 만들어 낸 '괴물'이다. 학력 검증이 이어지면서 유명인사 중에서도 고해성사를 하는 사람이 하나둘 늘고 있다. 요즘은 조사하면 다 나오는 세상 아닌가.

(2022. 1. 19)

송민석 순광보다 역광이다

# 상대적 박탈감을 느끼지 않는 사회

아프리카에서 널리 쓰이는 '우분투(UBUNTU)'는 반투족의 인사말이다. "우리가 함께 있기에 내가 있다!"라는 뜻이다. 인간은 혼자서는 살아갈 수 없는 존재라는 것이 우분투의 핵심이다. 상대방의 씨를 말리겠다는 발상은 '복수 사회'로 나아가는 길일 뿐이다.

27년간의 감옥생활 끝에 남아공 최초 흑인 대통령으로 선출되었고, 노벨평화상까지 수상한 넬슨 만델라가 복수에 방점을 뒀다면 남아공은 흑백 간의 갈등으로 피의 보복이 이어졌을 것이다. 정의는 권력을 가진 자가 독점하는 전유물이 아니다. 시공을 초월하여 우리가 모두 새겨야 할 대목이다.

부의 대물림과 학벌의 대물림이 이어지고 있는 것을 보면 아직도 우리 사회는 현대판 신분 사회처럼 보인다. 이를 그린 드라마가 바로 2019년에 방영된 JTBC 《스카이캐슬》이었다. 보통 사람들은 지배 엘리트의 부도덕하고 끝없는 욕망을 보면서 다다를 수 없는 좌절과 충격, 상대적 박탈감을 느꼈다. 사회 양극화 문제는 일하지 않고도 신분의 대물림으로 이어져 계층의 고착화를 초래할 수 있다는 점이 큰 문제다.

부익부 빈익빈 현상은 한국이 유독 심하다. 우리 사회 불평등의 근원은 부동산에 있다. 우리 사회의 부동산 양극화를 극명하게 보여주는 수치가 있다. 한국인 출신 일본 리쓰메이칸 대학교 이강국 교수는 한국은 상위 1%가 전체 부동산의 55%, 상위 10%가 전체 부동산의 96.4%의 부동산을 소유하고 있다고 발표한 바 있다.

우리 기업 중에 전설로 남은 유한양행 창업자 유일한 박사는 기업의 주인은 사회라는 신념의 소유자였다. 그는 1969년에 회사의 경영을 가족에게 상속하는 대신 전문 경영인에게 물려줌으로써 가족 세습 경영의 폐단을 끊었던 인물이다. 거슬러 올라가면 전근대 사회인 17세기 부의 본질을 깨달은 경주의 최부자 같은 이들도 있었다. '사방 백 리 안에 굶어 죽는 사람이 없게 하라'는 한국판 노블레스 오블리주를 실천했던 이들이다.

UN에서 발표한 '세계행복보고서 2016'에 따르면 행복지수 1위 국가는 덴마크다. 그들이 큰 행복을 누리고 있는 것은 평등사회라는 점이다. 덴마크는 빈부격차는 물론 직업의 귀천도 느낄 수 없는 '평등과 신뢰'가 깔린 사회다. 내가 덴마크의 교장실을 방문했을 때 그들은 '교장 선생님'이란 호칭은 사용하지 않았다. 그저 미스터 토마스(Mr. Thomas)와 같이 교장의 이름을 부른 것이 우리와 다르다는 점이다. 모든 기관장도 마찬가지다.

이렇듯 덴마크에서는 신분상 차별을 받지 않는 사회다. 국회의원들도 손님이 방문하면 본인이 직접 접수대에 나와서 손님을 맞이하고 자신의 방에서 음료수를 대접하는 나라다. 국회의원은 특별한 직업이 아니다. 택시 기사들도 자기 직업에 대한 자부심을 느끼고 의사, 변호사 친구들과도 주눅 들지 않고 잘 어울리며 살아가는 나라가 덴마크다.

그에 비해 우리 사회는 어떤가? 학교에서 제도로서 민주주의는 배웠으나 일상생활 속에서 민주주의는 아직 정착되지 못한 상태에 있다. '내가 먼저'라는 강박관념이 깊이 자리하고 있어 상대방을 배려하고 존중하는 정신이 부족하다. 수평적인 조직 문화를 정착시키지 못한 상태에서 아직도 '갑질 문화'가 곳곳에 남아 있음을 본다. 외제 차를 타며, 고급 아파트 단지에 사는 것이 일종의 '성공의 표준'이 되었고, '보통'으로 사는 것이 '실패'로 인식되는 사회가 되어버렸다. 그러는 사이 행복지수는 늘 꼴찌에 가깝다.

요즘 인사청문회를 보면 우리와 전혀 다른 세상이 있는 듯하다. "자신을 다른 사회 구성원과 끊임없이 비교해 가면서 남을 이기는 것이 행복해지는 길이라고 생각하는 한국인이 많다."라는 점이다. 상대적 박탈감을 느끼지 않는 사회가 건강한 사회다.

(2022. 5. 11)

송민석  순광보다 역광이다

두물머리의 가을(양평)

레이스 I (여수)

레이스II (여수)

꽃지 해수욕장(태안 안면도)

# 한 번쯤 간이역에 내리고 싶다

# 한 번쯤 간이역에 내리고 싶다

여행하면 기차여행이 떠오른다. 어릴 적부터 낯익은 교통수
단으로 기차가 가장 먼저 등장한 탓이다. 기차의 규칙적인 덜
컹거림이 심장의 고동처럼 들렸던 초등학교 시절 열차 여행은
얼마나 설레었던가.

도회지에서 고등학교에 다닐 때였다. 자취하면서 먹거리가
동나면 친구와 교대로 시골집에 다녀왔다. 매월 두 차례 토요
일 오후에 4시간 남짓 열차를 타고 집에 내려왔다가 일요일에
올라가곤 하였다. 꿈 많던 시절 양손에 쌀자루와 보자기에 싼
김치단지를 들고 플랫폼에 나가 기차를 기다리곤 하였다. 연착
이 잦던 시절, 기다림 끝에 저 멀리서 시커먼 기차가 지축을 울
리며 기적소리와 함께 내 가슴속으로 들어서는 것만 같아 설
레던 기억이 새롭다. 그 기억 때문에 성인이 된 지금도 열차를
타게 되면 가벼운 흥분이 앞선다.

생각해 보면 당시의 열차는 느리고 덜컹거리던 완행이었으나

송민석 순광보다 역광이다

그 시절에는 엄청난 문명의 이기였다. 형편없는 비포장도로에다 고속버스도 없던 시절 아닌가. 그러다 보니 완행열차는 늘 만원이었다. 특히 서울행 야간열차는 객실과 객실 사이를 잇는 공간과 출입문까지도 가득 차서 신문지를 깔고 자리를 잡아야 했다. 가난을 물리치기 위해 난간도 두려워하지 않고 매달려 가던 시절이었다.

남녀노소 가릴 것 없이 서울행 열차 안은 짐을 베개 삼아 기차의 흔들림에 몸을 맡기고 기대어 가기 일쑤였다. 생면부지의 갖가지 사연을 지닌 사람들과 부대끼며 가는 길이었지만, 함께 간다는 공감대가 형성되어 기차여행은 불편하긴 했어도 힘든 줄 몰랐다. 운 좋게 좌석이라도 잡게 되면 주섬주섬 삶은 밤이나 고구마를 꺼내 옆 사람에게 나눠주고, 누군가는 이야기 보따리를 풀어내어 객석의 무료함을 달래주기도 했다. 그 시절을 생각하면 가슴이 따뜻해진다.

나는 정년 후 1년 남짓 매주 수요일 기차여행을 한 적이 있다. 새마을호를 타고 2시간쯤 걸리는 여수−전주 간을 오고 갔다. 처음에는 가벼운 마음으로 차를 운전하였으나 기차를 이용하는 것이 여유가 있다는 것을 알게 되었다. 게다가 예기치 않는 도로 사정이나 날씨에도 영향을 받지 않는다는 점이 좋았다.

전라선 열차를 타고 가노라면 봄이면 기적소리에 놀란 벚꽃들이 차창 밖에서 눈송이처럼 날리고, 가을이면 코스모스의 깔깔대며 웃는 모습이 모두를 들뜨게 했다. 그뿐인가, 열차 카페에 앉아 커피 향과 함께 굽이굽이 섬진강 변을 따라 사색에 잠기는 행복 또한 금상첨화였다. 일상에서 벗어나 조용히 책을 읽는 재미도 여간 쏠쏠한 게 아니었다.

1960년대 고등학교 다니던 시절 기차는 시커먼 연기를 내뿜는 증기기관차였다. 열차가 달리다가 중간역에서 석탄과 물을 공급받기 위해 쉬어가던 시절이다. 터널을 지날 때 창문을 닫지 않아 석탄 가루로 콧구멍이 시커멓게 될 때도 있었다. 그후 1980년대 디젤기관차로 발전하더니 요즘은 숨 한번 쉴 때 300km씩 내닫는 엄청난 속도의 한국형 고속열차(KTX)가 달리는 세상이다.

내 의식은 나이 들수록 아직도 전근대에 머무는 듯하다. 초고속 인터넷처럼 빠른 속도의 문화도 한몫한 것이 아닐까 싶다. 고속열차의 등장으로 창문을 열지 못하게 된 지 오래다. 차창 밖의 경치를 즐길 수 있는 '느림의 아름다움'이 사라져 버렸다. 길 위의 경험도, 차창 밖의 풍경도 상실의 시대를 맞고 있는 듯하다. '속도는 기계의 시간, 느림은 자연의 시간'이라는 말이 있듯이 놓치고 사는 부분이 너무 많다. 시간에 쫓겨서 인간 본래의 모습을 자꾸 잃어가는 것 같아 마음이 무겁다.

그래서인지 자꾸만 속도에 밀려 사라져 가는 간이역 풍경이 그리워진다. 이는 우리의 마음 둘 곳이 하나둘 사라져 감을 말해주는 것이리라. 더 늦기 전에, 많은 사람이 머물다 간 삶의 흔적을 찾아 은행잎이 곱게 물든 간이역에 한 번쯤 내리고 싶다.

(2022. 11. 23)

# 강물처럼 흐르는 것이 인생이다

불볕더위의 8월도 끝나간다. 열대야 탓에 밤잠을 설치다가도 이른 아침이면 갓 태어난 새들의 울음소리에 눈을 뜨곤 한다. 땅 주인은 따로 있으나 아파트 베란다 앞쪽으로 시원하게 펼쳐지는 남해의 푸른 바다와 대나무 숲은 모두 내 차지다. 건강에 좋다는 녹시율(綠視率)도 만점이다.

정년퇴직은 평생을 직장과 사회에 공헌한 사람들의 명예로운 인생 훈장이 아닐까 싶다. 필자는 요즘 옛 동료들과 산행 후 담소를 나누며 유유자적하는 삶을 즐긴다. 은퇴 후의 안락함이 바로 이런 것이리라. 나이 들어갈수록 친구들과 어울려야 한다. 노년의 외로움은 치매로 가는 지름길이라 하지 않던가.

나이 들어 배우려 하지 않고 계속 익숙한 방식만을 고집하거나 현상 유지를 바라는 심리상태를 정신의학자들은 노욕(老慾)이라 부른다. 하루가 멀다고 변화해 가는 정보화의 흐름에 대해 눈감을 일이 아니다. 나이 들수록 더욱 질긴 관념의 끈으로 자신을 묶어 놓고 그 안에서 빠져나오지 못하는 이들이 의외로 많다. 어쩌다 학교에서 강의 요청이 오는 날이면 가슴이 벅차다. 젊은 눈빛의 학생들과 교감하며 행복한 시간을 보낼 수 있기 때문이다.

인간의 수명은 갈수록 늘고 있다. 고대 그리스 사람들의 평균수명은 19세였다고 한다. 금세기 초까지만 해도 50세에 불과했던 것이 한 세기도 채 지나지 않은 지금 선진국의 평균수명은 80세 안팎에 이르고 있다. 고령화 시대인 요즘 환갑은 더 이상 설 자리가 없다. 60여 년 전 긴 수염의 할아버지 회갑연 사진을 떠올리면 격세지감을 느낀다.

경청하기보다는 말하기를 좋아한다면 늙었다는 증거라고 한다. 자기 생각과 다른 의견에 귀 기울이기보다 상대방의 의견에 토를 달지 못해 좀이 쑤시기 시작하면 나이 든 징조란다. 나이 들수록 입은 닫고 귀는 열어야 한다. 백발이 나이를 말하는 게 아니라 지혜가 나이를 말한다고 하지 않던가. 지혜 없이 백발만 내세우는 사람들이 늘어나는 것은 아닐까 한다.

젊은 날엔 나이가 들면 저절로 현명해지는 줄 알았다. 그건 아니라는 것을 새삼 느끼는 요즘이다. 몸과 마음이 함께 늙어가야 한다. 나이는 육십이지만 마음은 삼십 대라고 말하는 사람들을 볼 수 있다. 건재함을 강조하는 말일 수 있으나 늙어서도 젊은이의 마음에 집착하다 보면 젊어지기는커녕 오히려

이기적인 노인이 될 수밖에 없을 것이다.

미국의 초대 대통령이었던 조지 워싱턴은 3선에 대한 강한 유혹을 뿌리친 채 두 번째 임기를 마치고 고향으로 돌아갔다. 미국 헌법에 임기 조항이 없었음에도 3선 권유를 거절한 채 퇴임해 2선 연임의 미국 대통령제 관례가 생기게 되었다. 후진국 같으면 '구국의 일념'이라는 말로 장기 집권을 획책할 수도 있었으나 워싱턴은 자신의 의지대로 권좌를 내려놓고 자연인으로 돌아간 최초의 사람이었다.

인생이란, 앞 강물, 뒤 강물 하면서 흘러가다가 하구에 이르면 바다로 빠지는 게 자연스러운 이치다. "난 바다로 안 갈래" 하면서 버틸수록, 그게 웅덩이가 되어 고이고 썩는다. 그러면 노년은 추해진다. 자연스럽게 강물 따라 흘러가 버리면 되는데 말이다.

불교 경전 금강경에 "내 것이라는 것을 표시해 두게 되면 괴로움이 생기게 된다."라고 했다. 무소유를 강조한 부처의 설법이다. 괴로움의 원인인 집착을 버려야 한다는 것이다. 티베트 불교인 라마교에 경전에도 "인생은 손님, 곧 떠날 준비를 하라."고 했다.

세상은 내가 아니라도 젊은이들 중심으로 돌아가게 돼 있다. 살아 있는 것들은 시차를 두고 그렇게 너나없이 흙으로 돌아간다. 누구라도 흐르는 세월의 강물을 역류할 수 없는 것처럼.

(2016. 8. 24)

송민석 순광보다 역광이다

# 가방끈이 전부가 아니다

우리나라 공직사회의 가장 큰 병폐는 연고주의다. 학연·지연·혈연에 의한 연고주의는 공조직은 물론 사회의 구석구석까지 파고들어 지역갈등과 패거리 문화를 조장하고 부정부패의 온상이 되어왔다.

그중에서도 인위적 요소가 두드러진 것이 학연(學緣)이다. 특정 대학을 중심으로 한 '패거리 문화' 속에서 의사결정이 투명하게 될 리 없다. 채용과 승진 등 인사가 제대로 집행되지도 않고, 자기 사람 키우기만 성행할 뿐이다. 정계, 관계, 교육계 등에서 요직을 독점하다시피 하는 특정 대학 출신들이 나라를 망치고 있다는 말까지 나오고 있다.

우리 사회는 상위권 대학만 나오면 능력을 따지지 않고 출세가 보장되는 학벌 중심 사회다. 전문대나 고등학교 졸업 정도로는 대졸자를 앞서가기 어려운 사회가 얼마나 큰 폐해를 가져왔는지 우리는 경험으로 잘 알고 있다.

고졸 출신인 김대중과 노무현도 '대학 졸업장이 없다'라는 이
유로 여러 곳에서 공격을 받았다. 이런 공격은 보수 세력에서
만 터져 나온 것이 아니다. 진보도 그 처절한 엘리트 의식 때
문에 두 대통령을 인정하지 않았다. 대학교에 가지 않은 것이
그 사람의 인격과 지도력, 능력, 자질과 무슨 상관이 있단 말
인가.

취임한 지 한 달도 안 된 노무현 대통령은 2003년 3월 당시
평검사들과의 대화에 나섰다. 고등학교만을 졸업하고 사법고
시에 합격한 노 전 대통령의 '학벌 콤플렉스'를 건드렸던 박 모
검사의 발언은 국민에게 많은 공분을 일으켰다. 노 대통령은
"오늘은 대통령의 약점을 건드리는 자리가 아니다."라고 답했
고 이 장면은 전국에 생중계되었다.

한국 사회에서 학벌주의는 동문 중심으로 뭉쳐 사회 지배
세력으로 등장한 지 오래다. 학벌주의는 기득권 유지를 위해
독점적, 배타적으로 정상적인 엘리트 순환을 방해한다. 특히
지방대 출신을 소외시켜 사회 통합을 저해하기도 한다. 이런
풍토에서 창의적 인재가 길러질 수 있겠는가.

박정희 대통령 시절 청와대로 정주영 회장을 불러 "소학교
출신이 우리나라 최고 명문대를 나온 직원들을 어떻게 그렇게
잘 다루느냐"라고 묻자 정 회장은 "신문대학을 나왔다"라고
답한 유명한 일화도 있다.

미국의 최고 갑부 400명 가운데 대학 교육을 받지 않은 사람이 전체의 4분의 1이 넘는다. 이런 추세라면 학벌을 따지는 것이 별 의미가 없다. 반드시 대학을 나와야 성공한 인생은 아니다.

우리나라 대학 진학률은 80%로 세계에서 가장 높다. 미국의 경우 고등학교 졸업하고 4년제 대학에 진학하는 학생은 40%를 조금 웃돈다. 미국인 10명 중 적어도 다섯 명 이상이 4년제 대학 졸업자가 아니다.

대학 진학을 하지 않는 이유를 묻는 '미국 설문조사' 결과를 보면 3위를 차지한 것은 '우리 부모는 대학을 나오지 않았어도 잘살고 있다'다. 1위는 등록금이 비싸서, 2위는 필요성을 느끼지 못해서라고 답하고 있다.

무엇을 할 수 있느냐에 가치 기준을 두는 것이 아니라 어느 대학을 나왔느냐에 기준을 두는 학벌 중심이 우리 사회를 병들게 하고 있다. 명문대는 아니더라도 '서울 소재 대학'이라도 나와야 사람대접받는다는 풍조가 요즘 사회 전반에 가득하다.

인간사에 가방끈이 전부가 아니다. 명문대생이란 질풍노도의 시기에 남보다 학업에 더 집중할 수 있는 환경이었거나 방황을 덜 했음을 보여주는 지표일 뿐이다. 10대 후반의 환경에 개인의 사회적 신분이 결정되어 평생 지속되는 사회는 야만적인 사회다.

하루가 다르게 치열해지고 있는 국제 경쟁 속에서 학벌이나 학력에 안주해서는 결코 살아남을 수 없다. 이제 선진사회가 되려면 '학력의 착시현상'에서 벗어날 때가 되었다.

(2023. 10. 4)

송민석 순광보다 역광이다

# 얼굴 없는 기부 천사들

어려운 이웃에 관심이 커지는 연말이다. 12월 들어 구세군의 자선냄비와 사회복지 공동모금회의 모금함 등장은 우리의 잠든 의식을 일깨워 준다. 찬 바람이 부는 초겨울, 눈여겨보면 생각하지 못했던 어려운 이웃이 의외로 많다.

매년 연말이면 불우이웃 돕기 캠페인이 벌어진다. 많은 사람이 불우 이웃 돕기에 나서는 가운데 얼굴을 드러내지 않은 채 기부하는 천사들도 있다. 이렇듯 온정의 손길을 내미는 사람들이 있기에 세상은 살만한 것이 아닐까 한다. '장미를 전해준 사람의 손에는 향기로운 장미 향이 난다.'라는 말이 있다. 빨간 사랑의 열매를 상징하는 '사랑의 온도탑'에 이어 구세군 자선냄비도 대장정을 시작했다.

"할머니께서 하늘나라로 가시는 길에 마지막으로 주신 용돈입니다. 금액은 적지만 좋은 일에 따뜻하게 쓰였으면 좋겠습니다."라고 한 여학생이 자선냄비에 남긴 쪽지이다. 이처럼 자선냄비 앞에 아장아장 걷는 아이로부터 부축을 받는 노인에 이르기까지 마음이 따뜻한 천사들의 선행이 매년 줄을 잇는다.

지난 10월에는 과일가게를 하면서 평생 모은 거금 400억을 대학에 기부한 노부부가 화제가 되기도 하였다. 아직도 훈훈한 인정이 넘치는 사회임을 보여주고 있다. 간혹 이름을 밝히지 않은 억대의 기부자들이 나타나 시중의 화제가 되기도 한다. 지난 17년 동안 한 해도 거르지 않고 소외계층을 위해 써달라며 큰돈을 놓고 간 전주시 노송동의 '얼굴 없는 천사'가 대표적인 경우다.

노벨평화상 수상자 마더 테레사의 봉사활동을 그린 기록영화가 있다. 이 영화를 보여주는 것만으로도 실험 대상자들의 면역기능이 상승했다는 하버드대학의 연구가 있다. '마더 테레사 효과'다. 이처럼 봉사활동을 통해 선행을 베푸는 것은 말할 것도 없거니와 다른 사람이 선행을 베푸는 것을 보기만 해도 행복감과 더불어 신체 면역기능이 향상된다고 한다.

"남을 위해 나누고 베푸는 사람일수록 긍정 호르몬인 엔도르핀이 더 많이 생성된다."라는 미국 미시간대학 연구 결과도 있다. 진한 감동을 하거나 기쁘고 즐거울 때 분비되는 엔도르핀은 인체의 면역력을 키워준다고 한다. 남을 돕는 것이 나의 건강은 물론 이웃의 건강과 행복을 위한 길이다.

복지국가로 가는 길목에서 아직도 한쪽에서는 남아돌고, 한쪽에서는 부족해서 아우성이다. 국내 굴지의 기업 총수가 수백억 원의 비자금을 조성하여 검찰의 조사를 받았다는 이야기는 우리 사회의 민낯이다. 세금을 포탈하고 기업 자금을 유용하거나 불법적으로 자식들에게 재산을 물려주는 행태를 보면 욕심은 끝이 없다는 생각이 든다.

노블레스 오블리주(Noblesse Oblige)라는 서양의 격언을 빌리지 않더라도 경주의 최부자 집은 '사방 100리 안에 굶어서 죽는 사람이 없도록 하라'는 가훈을 지켜왔다고 한다. 영조 때 구례 운조루에도 '뒤주를 타인도 열게 하여 주위에 굶주린 사람이 없게 하라'는 뜻이 담긴 타인능해(他人能解)라는 글귀가 남아 있다. 이처럼 우리 사회 곳곳에 숨어있는 기부 천사와 같은 작은 불씨들을 잘 보듬어야 할 것이다. 이들의 선행을 함께 되새기고 불씨를 점화시켜 타오르게 해야 한다. '노블레스 오블리주'는 우리가 다 함께 가꾸어야 할 사회적 덕목이다.

이제 행복의 기준을 외적 조건이 아닌 내적 충만함으로 바꾸어야 한다. 마더 테레사 수녀는 "나눔은 우리를 부자로 만든다."라고 했다. 어려운 이웃과 함께 공감하는 능력이 건강한 사회를 만드는 지름길이다. 소외된 이웃을 되돌아보고 나눔의 씨앗을 뿌리는 훈훈한 12월이 되었으면 하는 마음 간절하다.

(2018. 12. 5)

순천만 국가정원 I

순천만 국가정원Ⅱ

# 양계장 닭이 아닌 토종닭처럼 키우자

새 학년이 시작되는 3, 4월은 학생, 학부모, 교사 모두에게 신선한 긴장감을 불러일으키는 달이다. 새로운 사람과 만나고 새로운 환경에 적응한다는 것은 가슴 부푼 일이지만, 한편으로는 긴장되는 일이다. 인생에서 만남은 항상 서로에게 설렘을 준다. 새 학년이 되어 새로이 맞이하는 담임 선생님, 새로운 교과 선생님, 새로운 친구 하나하나가 큰 설렘의 시작이다.

바쁨과 어수선함으로 가득한 3월의 끝자락이면 으레 각급 학교의 '학부모 총회'가 열린다. 학부모를 상대로 학교는 교육 과정 안내를 비롯하여 주요 교육 계획을 설명하고, 새로운 담임과의 만남의 자리를 마련한다. 학부모의 알권리를 충족시키는 차원에서 학년별 총회가 있는 날이면 젊은 어머니들로 장사진을 이룬다. 학부모 총회 참여율이 90%를 웃도는 열기 속에 기대에 찬 눈빛으로 교육활동 안내서를 꼼꼼히 챙긴다. 귀를 쫑긋 세워 한마디도 놓치지 않겠다는 자세로 기록하고, 교장실에 문의 전화까지 하는 등 학부모들의 열정이 대단하다.

고등학생이 되면 중학교와 달리 학습량이 대폭 늘어난다. 보충 학습, 심화 학습, 자율 학습, 논술 지도 등 학습량이 증가하고, 정규 고사 외에도 각종 모의고사, 연합평가, 영어 듣기 평가 등 시험 횟수가 늘어나 심적 부담감이 크게 증가한다. 또한 이른 아침부터 밤늦도록 학교에서 생활하는 시간이 많아진다는 점이 크게 달라진 점이다.

매년 새 학기가 되면 신입생 자녀를 둔 학부모들에게 고등학교 학교장으로서 다음 몇 가지 당부의 말을 전한다.

첫째, 자녀를 믿고 신뢰하여 심리적으로 편안하게 해주는 데 앞장서자. 지나친 간섭은 부담감을 주어 자율성을 위축시킬 뿐이다. 둘째, 남과 비교해서 자녀의 사기를 저하하지 않도록 하자. 잦은 시험 결과로 인한 스트레스가 심각하다는 점을 고려해야 한다. 그리고 작은 성취에도 칭찬과 격려가 필요하다.

셋째, 자녀 건강에 대한 세심한 배려가 필요하다. 종일 학교에서 생활하는 학생의 건강은 학부모의 보살핌에 크게 좌우한다. 특히 가벼운 코감기 증세는 비염, 축농증으로 발전하여 집중력을 떨어뜨리는 중요한 요인이 될 수 있어 주의가 필요하다. 넷째, 담임 교사에 대해 신뢰를 두고 자녀의 조그만 변화에도 담임과 상담을 하도록 하자. 담임 교사를 제치고 무조건 교장실로 통화하는 것은 순리가 아니며, 바람직한 방법도 아니다.

다섯째, 부모가 학생의 소질과 특성을 고려하지 않고 지나친 기대감을 앞세우지 말자. 가끔 자녀의 성적에 너무 집착한 나머지 부모와 자식 간의 갈등으로 빗나간 친구들과 어울리는 수도 있다. 무조건 열심히 공부하여 1등만을 고수하기보다 먼저 학생의 소질과 적성에 맞는 능력을 개발하도록 돕는 것이 중요하다. 여섯째, 자녀와 자주 대화 시간을 갖자. 자녀에게 자신감을 키워주고, 결과보다는 최선을 다하는 과정을 소중하게 여기는 마음이 중요하다.

밤늦도록 학교에서 생활하느라 고등학생의 경우 운동량이 크게 부족하다. 현명한 부모라면 등굣길에 교통이 혼잡한 비좁은 교문 앞까지 자녀를 차에 태워 오지 말고, 큰길에서 내려 잠시라도 걷기 운동을 하도록 하자. 과잉보호 속에 지나치게 청결하게 키운 아이일수록 세균에 대한 저항력이 약해져 만성 질환인 아토피에 잘 걸린다고 하지 않던가. 우리 자녀들을 양계장 닭이 아닌 토종닭처럼 키워야 함을 잊지 말자.

(2008. 4. 9)

# 패자부활전과 '시험 공화국'

"길이 없으면 새길을 만들라."

칭기즈칸의 말이다. 굳이 이 말을 들먹일 필요도 없이 성을 쌓는 자는 길을 내는 자를 이길 수 없다는 사실이다. 역사를 살펴보면 성을 쌓는 자는 결국 망하고 말았다.

사람은 성을 쌓고 싶은 욕망이 있다고 한다. 성 안에 있는 사람들은 성 밖의 사람들과 구별되고 싶어 하고, 성 밖의 '다름'으로부터 안전하게 보호받고 싶어 한다는 것이다.

주변을 살펴보면 '과거의 벽돌'로 단단하게 뭉쳐진 학벌이라는 성이 있다. 10대 후반에 치렀던 시험 결과로 평생을 규정한다는 것이 얼마나 비합리적인 사회의 모순인가. 명문대생이란 10대 때 남보다 학업에 더 집중할 수 있는 환경에 있었거나 방황을 덜 했음을 보여주는 지표일 뿐이다.

사회의 구석구석까지 패거리 문화를 조장하는 학연은 곧 학맥을 형성한다. 누군가가 큰 벼슬을 하게 되면 그 사람의 출신

학교가 어디인가부터 따진다. 학교가 같으면 과거에는 서로 잘 알지 못했던 사이라도 금방 선배, 후배, 형님, 동생으로 이어져 사적인 연결망이 형성된다. 소위 줄 대기의 시작이다.

이런 것을 보면서 스포츠 경기에서 패자부활전 종목을 생각하게 된다. 주로 단판 승부 형식의 토너먼트 대회에서 사용되는 패자부활전 방식이다. 참가자들이 한 번의 성공이나 실패에 자만하거나 좌절하지 않고 끊임없이 노력하게 함으로써 사회 전체의 이익을 극대화할 수 있다는 장점이 있다.

이처럼 패자부활전이 성공적으로 정착될 수 있었던 가장 중요한 이유는 철저한 '실력 중심'의 평가시스템 때문이다. 여기서는 나이, 성별, 소속 단체, 출신학교 등은 전혀 중요하지 않다. 오로지 경기장 안에서 실력으로만 대결하면 된다.

우리 사회는 선진국보다 패자에 대한 배려가 턱없이 부족하다. 공정 사회가 되려면 역경을 딛고 스스로 일어설 수 있도록 패자부활전이 보장되어야 한다. 초등학교에서 대학에 이르기까지 모든 학생에게 패자부활전이 필요하다. 나아가 이러한 기회가 대학 졸업 후 취업과 승진에서까지 공정하게 보장될 때 정의로운 사회가 실현될 수 있다.

교육은 사회적 계층이동 통로 역할을 해왔다. 패자 부활이 가능한 가교역할이었다. 그러나 점차 '돈으로 성적 쌓기'와 같은 파행적인 교육 현실은 계층상승의 유일한 수단인 교육 기회조차 박탈되고 교육 불평등 문제가 갈수록 깊어지고 있다. 상위계층이 자신의 기득권을 수호하는 수단으로 교육이 변질되고 있다. 서울대 입학생이 수도권 특정 지역에 편중되어 있음을 무엇을 말하는가.

이렇듯 부의 대물림이 학력의 대물림을 낳고, 학력의 대물림이 다시 부의 대물림을 가져오면서 '개천의 용'은 사라진 지 오래다. 이른바 명문대 합격생의 학부모가 대부분 고소득 전문직 종사자로 양극화가 심화하고 있음을 본다. 따라서 젊은이들이 절망과 아픔을 표현하는 '헬조선'(지옥 같은 한국)이란 말은 이러한 상대적 박탈감에서 생긴 말이다.

금수저나 은수저를 물고 태어난 것은 본인의 의지와는 전혀 상관없다. 그렇기에 패자부활전에서 강한 의지와 노력으로 자신을 금수저나 은수저로 만들 수 있어야 건강한 사회가 될 수 있다. 실패한 경험이 있더라도 쉬지 않고 노력하면 계층이동이 가능한 부활의 기회가 보장되는 사회가 진정한 경쟁 사회다.

신자유주의 경쟁 논리를 앞세운 무한경쟁 속에 사교육 시장이 날로 커지면서 시험 하나로 인생이 결정되는 '승자독식'의 세상이 된 지 오래되었다. 이를 타파하기 위해 차별받지 않고 자신의 능력을 키우면서 패자와 승자가 끊임없이 경쟁하는 체제로 전환되어야 한다. 한 번의 실패도 용납되지 않는 '시험 공화국'이라는 소모적 경쟁은 하루빨리 종식되어야 한다.

(2021. 10. 6)

아침식사(지리산 뱀사골)

검은 백로 가족(호주 퍼스)

# 학생부종합전형 소고(小考)

지난 6월 입학사정관 자격으로 읍 단위 기숙형 고교를 공식 방문한 적이 있다.

교문에 들어서자, 학생들의 인사성부터 예사롭지 않았다. 점심시간 70분 중 20분 동안 학생 동아리가 중심이 되어 중앙 현관에서 모여 작은 음악회가 열리고 있었다. 〈어느 산골 소년의 사랑 이야기〉〈개똥벌레〉 등을 부르며 입시 위주의 삭막함을 벗어나 전교생이 흥겹게 손뼉을 치며 힐링의 시간을 갖는 모습이 이채로웠다. 수업에 지장을 주지 않고 자투리 시간을 활용한 음악동아리 활동이 돋보였다. 모두가 즐거워하는 학교, 꿈을 키우고 끼를 끌어내는 행복 교육이 필요한 이유다.

나는 7년째 대학 입학사정관 활동을 해오는 중이다. 한국 교육의 현실은 대학입시에 의해 좌우된다. 소위 명문대학들의 신입생 선발 방법에 따라 한국 교육의 방향이 요동쳐 왔다. 고교에서 학생들의 다양한 특성을 살리는 교육을 할 수 있게 하려면 대학에서 먼저 그러한 학생들을 선발해야 한다. 수능 점수의 단순한 잣대보다 주입식 교육에서 벗어나 학생의 다양한 잠재력과 능력을 평가하는 노력이 필요하다.

이러한 취지에서 등장한 것이 '입학사정관제 전형'이다. '입학사정관제 전형'이 '학생부종합전형'으로 명칭이 바뀌었으나 내용은 예년과 크게 다르지 않다. 입학사정관제 도입에 따른 변화는 우선 고등학교 교육의 틀이 바뀌고 있다는 점이다.

각 대학에서 '학생부종합전형'의 비중을 늘림으로써 학생들이 주요 교과 이외의 봉사활동, 진로활동, 체험활동 등 의미 있는 다양한 동아리 활동에 주목한다. 학원이 아닌 자기 주도적 학습 태도를 보이고 삶을 스스로 개척해 나가는 능동적인 인재를 찾는 '입학사정관제 전형'에서 가장 중요한 요소는 '학생부'가 된다.

서류 평가 과정에서 보면 일선 학교에서 지정하는 동아리 외에 학생 자율 동아리 활동이 크게 부족한 편이다. 성적은 우수해도 진학하려는 대학의 전공과 연관된 교내 활동이 없는 경우가 대부분이다. 예체능 동아리뿐으로 교과 관련 탐구·학습 동아리를 찾아보기 어렵다. 진로와 연계한 활동으로 자기 주도적 성향이 드러나는 활동일수록 호감을 살 수 있다. 학력 저하로 인한 '일반고 위기' 이야기와 무관치 않을 것이다.

또한 무엇보다 학생부를 제대로 작성하는 것이 중요하다. 흔히 교내 행사기록만 있지 학생 개개인에 대한 관찰기록이 없는 경우가 대부분이다. 예를 들면 '학생회 정·부회장 선거를 통하여 민주적 질서를 배우고'라는 상투적인 기록을 대학에서는 원치 않는다. 참여 동기와 과정, 변화된 모습과 같은 그 학생만의 생생한 관찰기록을 요구한다. 입학사정관들을 애먹이는 것 중의 하나가 입학사정관제 대비한답시고 별 의미 없는 내용으로 학생부 기록만 장황하게 늘어놓는 경우다.

학생부에서 '성실하다' '모범적이다'라는 식의 모호한 미사여구를 늘어놓는 경우도 흔하다. 반면 입학사정관제 준비를 철저히 하는 학교에서는 학생의 진로와 관련된 구체적인 활동을 서술하고 있다. '국제금융 전문가가 되기 위해 모의 증권투자 동아리에서 활동'이라는 식으로, 구체적인 기술이 필요하다. 대학에서는 학생의 전공 적합성을 중시하기 때문이다.

일반고에서도 자사고 수준의 교육과정 운영의 자율성을 확대하는 방향으로 나가야 한다. 전체 고교의 70%를 차지하는 일반고는 공교육의 중심이다. 교육을 정치적으로 이용하고, 인기영합주의로 접근해서는 안 될 일이다.

(2014. 7. 16)

송민석 순광보다 역광이다

# 고흥 입향조 충강공 송간(宋侃)

충강공(忠剛公) 송간(松侃, 1405~1480) 선생은 고흥 재동 서원(齋洞書院)에 배향된 중심인물로 여산 송씨의 중시조이며 고흥 입향조다. 조선 초기 충신으로서 세종, 문종, 단종 등 3대에 걸쳐 관직은 형조참판, 종2품인 가선대부, 동지중추부사를 지내고 고흥 재동서원(齋洞書院)에 '단조초혼칠현신(端廟招魂七賢臣)'으로 모시는 분이다.

단종 왕비였던 정순왕후(定順王后)는 판돈령부사 송현수의 딸로 여산 송씨 가문이었다. 송간은 단종의 명으로 '팔도진무사(八道鎭撫使)'(민심을 수습하는 일종의 암행어사)로 호남 지역을 순회하던 중 계유정난(1453년)을 맞았다.

12세에 즉위한 단종 재위 3년 2개월 만에 수양대군은 고명대신 김종서, 황보인 등 반대파를 살해, 제거하고 왕위를 장악한 정변이 계유정난이다. 세조의 찬탈 소식에 송간은 즉시 관직을 버리고 몸이 아프다는 구실로 고향인 전라북도 여산(礪

山)에 내려와 울적한 나날을 보내며 두문불출하였다. 그 후 단종이 노산군(魯山君)으로 강등되어 유배되자 영월로 달려가 단종을 만나 통곡과 함께 진무 결과를 보고하고 여산으로 돌아왔다.

　그 후 1457년 10월에 17세의 나이로 단종은 사약을 받고 승하했다. 송간은 장례를 치른 영월 호장(戶長) 엄흥도의 도움으로 단종이 평소 입던 곤룡포를 몰래 숨겨 충청남도 계룡산 동학사에 들어가 매월당 김시습 등과 함께 1458년 3월 15일에 위령제를 모시는 등 3년 상을 마쳤다. 그 후 호남 지역 순회 시에 보아 두었던 고흥군 동강면 마륜촌에 내려와 터를 잡고 은둔 생활을 시작했다. 이때 아들 5형제(맹유, 중유, 계유, 백유, 숙유)도 함께 고흥으로 내려왔다.

　고흥 마륜촌 뒷산 대나무 푸른 숲 사이에 서산정(西山亭)이라는 정자를 짓고 아침저녁으로 북쪽을 향하여 절을 올리고, 때로는 통곡하는 등 평생을 단종 임금에 대한 충절을 다하였다. 영문을 모르는 마을 사람들은 실성한 노인으로 착각하기도 했다. 이분이 바로 560여 년 전 고흥에 처음 터를 잡은 여산 송씨 19대조 충강공이다. 송간이 은거했던 서산정은 재동 서원이 내려가 보이는 동강면 마륜리 마서 마을에 있다. 송간의 호 서재(西齋)는 바로 마륜리 서쪽 언덕의 집을 가리킨다. 서산정 언덕에서 바라보면 고흥만이 한눈에 내려다보인다.

그 후 순조 때 계룡산 동학사를 해체 복원할 때 대들보에서 기록물이 발견되면서 동학사 초혼제가 세상에 알려졌다. 당시 세조의 권세에 짓눌려 암울했던 시절 초혼제에 참여했던 신하들 명단을 기록하여 대들보 속에 감추어 두었던 것이다. 살벌한 시국에 초혼제에 참석한다는 것은 목숨을 거는 일이었다.

당시 초혼제 참석자 김시습, 조상치, 송간, 조영, 정지산, 이성희, 이축 일곱 분을 '단묘초혼칠현신(端廟招魂七賢臣)'이라 일컫고, 여기에 엄홍도를 더해 '팔절'이라 숭상하고 있다. 동학사에는 이와 관련 '초혼각'과 '숙모전'이 있고, 고흥 '재동서원(齋洞書院)'에는 '단묘초혼칠현사적비(端廟招魂七賢事蹟碑)'가 건립되어 있다.

조선조 22대 정조는 송간에게 사육신, 생육신과 다름없는 충신이라 하여 '충강공(忠剛公)' 시호를 내렸다(정조 16년, 1791년). 충강공 후손들 가운데 임진왜란 때 혁혁한 공을 세운 인물이 많다. 선무원종 1등공신으로 채록된 송대립, 송희립 형제와 수십 명의 공신들이 배출되었다.

충강공의 산소는 낙안(벌교읍 원동)의 백이산 영보제(永報齋)에 모셔져 있으며, 매년 음력 10월 15일에 후손들이 모여 제사를 지낸다. 송간 선생의 행적을 모은 '서재실기(西齋實紀)'는 재동서원 유물관에 보관 중이다. 재동서원의 교지와 교첩 등 고문서 73점이 전라남도 유형문화유산으로 지정(등록)되었다.

(2024. 11. 20)

# '봉하마을' 다녀오던 날

벌써 14년 전 일이다. 5월 23일 아침나절에 문자가 한 줄 날
아들었다. 지리산 반야봉 등반길에서였다. '노무현 전 대통령
병원 입원'이란 청천벽력과 같은 소식이었다. 인터넷 창을 열던
아내가 보낸 문자메시지였다. 눈을 의심했다. 아직도 그 육성
이 귀에 생생한 전직 대통령의 자살은 큰 충격으로 다가왔다.
1년 3개월 전까지 국가원수의 자리에 있던 분이 스스로 목숨
을 끊으리라고는 아무도 예측하지 못한 일이다.

전직 대통령이 자살할 수밖에 없는 우리의 정치 현실에 분
노가 치밀었다. 퇴임 이후 도덕적으로 파렴치한 사람으로 내몰
려 얼마나 힘들었으면 죽음을 택하였을까 생각하니 가슴이 저
미어 왔다. 전임자에게 예후는 못 해줄망정 모질고 야만적인
공격을 해댄다는 게 과연 문명한 사회에서 가능한 일일까.

분노가 치밀어 잠을 이룰 수 없었다. 직접 가서 조문하지 않
고는 배길 수 없을 것 같아 새벽 6시에 여수에서 아내와 함께

봉하마을로 향했다. 노무현 전 대통령 서거 4일째 되던 날이었다. "더 많은 죄를 지은 사람도 사는 데 왜 죽어?"라고 말하던 이웃집 할머니 말소리가 귓전에 맴돌았다.

김해시 진영읍 공설운동장에 차를 세워 두고 봉하마을로 가는 무료 셔틀버스에 오르게 되었다. 응급처치를 위해 처음 들렀다는 '세명병원'이 오른쪽으로 눈에 들어왔다. 마을 들머리에 내려서 분향소까지 1km 남짓 걸어가는 길은 추모객의 인파로 꽉 메우고 있었다. 도로변 양쪽에는 "당신은 영원한 우리의 대통령입니다." "당신이 있어서 행복했습니다." 등 추모의 글귀들이 고인에 대한 애통함과 그리움을 담아 전하고 있었다. 봉하마을 어디에선가 노 전 대통령이 밀짚모자를 쓰고 자전거에 손녀를 태우고 금방이라도 손을 흔들며 불쑥 나타날 것만 같았다.

그동안 노 전 대통령은 힘겹게 살아가는 서민들의 희망이었다. 가난했던 학창 시절을 꿋꿋이 이겨내며 학벌 없고 배경 없는 보통 사람도 떳떳이 살아갈 수 있다는 걸 몸소 보여준 사람이 아니던가. 그는 많은 전직 대통령 중에서 유일하게 귀향하여 몸소 자연 영농을 실천했던 사람이다. 그건 아무나 할 수 있는 일이 아니다.

봉하마을에 도착하자 수많은 신문과 방송 차량이 뒤엉켜 취재 열기로 가득하였다. 기사를 송고하는 기자들, 요인들이 출입하는 문은 카메라 앵글을 맞추어 놓고 기다리는 사진기자들로 북새통을 이루었다. 방송사마다 방송사 마크를 감추고 취재 중이었다. 뙤약볕 아래서도 꾸역꾸역 모여드는 한 사람 한 사람이 상주였고, 추모객이었다.

분향소 곳곳에 나부끼는 "지켜주지 못해 죄송합니다."라는 글귀에서 안타까움을 읽을 수 있었다. 분향소 앞에는 조문객들이 국화꽃을 들고 몇 줄로 늘어서 차례를 기다리는 조문객들의 표정이 슬픔에 겨워 침울하고 엄숙했다. 고급 승용차 뒷좌석에 앉아 있을 법한 사람들은 보이지 않았다. 모두가 낯익은 우리의 이웃인 보통 사람들의 모습이었다. 노무현 전 대통령의 죽음은 '사람답게 사는 세상'을 꿈꾸는 사람들을 다시 하나로 묶는 용광로였다.

분향소에 안치된 대통령의 환하게 웃는 영정사진을 대하고 보니 울컥한 마음이 앞섰다. '대학을 나오지 않아도 사람대접 받을 수 있는 세상, 국민이 주인 되는 세상, 반칙과 특권이 없는 세상'을 만들겠다던 그의 목소리가 들리는 듯했다. 무거운 짐 훌훌 다 털어버리고 편히 쉴 수 있길 빌었다.

유신 시절 김대중이 외쳤던 "행동하지 않는 양심은 결국 악의 편"이란 말이 온몸을 무겁게 짓누른다. 나는 지금까지 행동하는 양심으로 불의에 항거해 본적이 몇 번이나 있었는가를 자문해 볼 때 저절로 고개가 숙어진다.

송민석 순광보다 역광이다

"삶과 죽음이 모두 자연의 한 조각이다."라는 말을 남기고 부엉이바위에서 몸을 던진 노무현 전 대통령이야말로 염치를 아는 이 시대 마지막 한국 정치인이 아닐까 싶다.

(2024. 4. 30)

# 노인과 어른 무엇이 다른가

　전통 시대에는 관례(冠禮)라는 게 있었다. 요즘의 성년의 날 치르는 성년 의식이다. 총각 머리 대신 상투를 틀고 관을 씌워 주며 어릴 때부터 불려 온 이름을 대신할 자(字)를 지어주는 것이 관례의 중요한 절차였다. 관을 씀으로써 누가 봐도 더 이상 아이가 아님을 알 수 있게 했을 뿐 아니라, 이름을 아무나 함부로 부르지 않음으로써 이제 어른으로서 대접해 주기 시작하는 것이다. 이날을 시작으로 일상의 외관과 호칭이 달라지는 것은 그 자체로 본인에게 큰 변화로 인식되었을 것이다.

　전통 시대의 관례를 부활시키자는 것은 아니다. 정해진 의식을 치른다고 어느 날 갑자기 명실상부한 어른이 될 리도 만무하다. 어른이 되는 것을 두렵고 소중하게 생각할 필요가 있다는 말이다. 우리는 그저 어쩌다 보니 나이를 먹고 이런저런 사회적 관계 속에서 어른이 되었을 뿐, 진정 어른으로서 갖추고 배워야 할 것들은 놓친 채 살아가고 있지 않는가 한다.

오래전 서울시에서는 추락한 노인의 지위를 높이고자 '노인'에서 '어르신'으로 공식 명칭을 변경했다. '요즘은 어른이 없다.'라는 말을 많이들 한다. 어른다운 어른, 존경받을 만한 어른이란 무엇일까?

먼저 떠올릴 수 있는 것은 오래 사는 과정에서 축적된 경험과 지식이다. 그러나 나이 많은 사람이 아는 것이 많다는 것은 직접경험에 의존했던 시대에나 통할 이야기다. 각종 전문가 집단과 인터넷 검색창이 그 자리를 차지한 오늘, 어른이 지닌 경험과 지식은 급변하는 시대를 따라가지 못한다. 이런 마당에 어른이 꼭 필요하기는 한 것일까.

그런데도 어른다운 어른이 없다는 탄식이 공감을 일으키는 것을 보면, 여전히 우리는 어른이 필요함을 알 수 있다. 개별적인 지식과 정보들을 얻을 수 있는 경로와 방법은 늘어났지만, 그것들이 어떤 삶을 살아야 할지를 보여주지는 않는다. 오늘날 우리에게 필요한 어른은 일상의 생활 속에서 자기 삶을 보여주는, 그래서 '저런 어른이 되고 싶다.'라는 어른일 것이다.

경(敬)은 성리학의 대가 퇴계 선생의 생애를 일관하는 핵심 사상이다. 경(敬)은 항상 자기 분수와 정도를 지켜 마음을 가지런히 하고, 잘못됨이 없는지 스스로 조심하고 살피는 자세라고 했다. 따라서, 일의 경중과 관계없이, 모든 일에 겸허한 자세로 조심하고 자중자애하는 생활의 지혜가 필요하다.

경거망동하는 이들을 우리는 '자중자애'하라고 말한다. 자신의 분수를 모르고 날뛰는 사람들, 그리고 이치를 헤아리지 못해 잘못을 저지르는 이들과 아전인수격인 사람들에게 가장 어울리는 말이 자중자애다.

노인만 있는 사회에서는 품위를 기대하기 어렵다. 노인이 되면 대체로 나이에 기대어 대접받으려는 경향이 강해지기 때문이다. 주변 사람이 자기를 위해 존재해야 한다고 믿는 노인은 외톨이가 되기 쉽다. 어른은 언행에 자중하는 모습을 보이며 남을 배려하는 사람, 연륜을 인정받아 한마디로 존경받는 사람이다. 천년 고목이 나무 그늘을 만들고 그 아래 사람이 모이듯이 고고한 인격의 향기가 풍기는 삶을 산다면 존경받는 어른이 아니겠는가. 이런 어른이 많은 사회는 더없이 강한 사회다.

귀가 순해지고 생각하는 것이 원만해져 들으면 곧 이해가 되는 예순 살을 공자는 '이순(耳順)'이라 했다. 모난 데가 없이 부드럽고 너그럽고 속이 깊었을 때라는 뜻이다. 이해할 수 없던 것을 이해하고, 포용할 수 없던 사람을 포용하며, 나눌 수 없던 것을 나누는 후덕(厚德)이야말로 나이 듦의 가장 큰 자산이다.

(2023. 7. 5)

송민석 순광보다 역광이다

# 코로나바이러스가 전하는 메시지

코로나바이러스가 온 세상을 집어삼킨 듯하다. '콩나물 교실'과 '만원 버스'는 자취를 감추었고 인파로 붐비던 거리가 한산하다. 강의하던 나의 공적인 활동도 모두 끊겼다. 마스크를 끼고 눈만 빼꼼히 내놓은 세상이 되었다. 변화된 새로운 일상을 처음 경험하고 있다.

돈과 시간만 있으면 언제든 떠날 수 있던 해외여행도 코로나 사태 이후 멀어지게 되었다. 이제 여행은 아름다운 경치나 야외 활동보다 인파를 피해 호젓한 곳으로 떠나는 작은 여행이 일반화되고 있다. 여행객들의 심리적 거리감 때문이다.

코로나로 세상이 요동치는 가운데 선진국 후진국 가리지 않고 세계가 전전긍긍하고 있다. 인종이나 성별도 가리지 않고, 가난한 사람과 부유한 사람, 지체가 높은 사람과 낮은 사람도 구별하지 않는다. 코로나는 지구촌 구석구석을 감염시켰다. 전문가들은 이를 '코로나 팬데믹'이라 부른다.

제 5 부 한 번쯤 간이역에 내리고 싶다

비대면·비접촉을 의미하는 언택트(untact) 문화가 깊숙이 빠르게 확산하고 있다. 재택근무 증가, 초등학교 온라인 수업, 사회적 거리 두기, 인터넷을 통한 생필품 주문 등 그 변화는 다양하다. 이는 세계 최고의 정보기술(IT)과 촘촘한 배달망 덕이 크다. 저녁에 물품을 주문하면 아침이면 현관 앞까지 배달해 주는 총알 배송이 가능한 나라가 대한민국이다. 이처럼 빠른 '새벽 배송'이 있는데 굳이 물건을 사재기할 필요가 있을까.

TV에서 코로나 공습 이후 화장실용 두루마리 휴지 팩을 먼저 차지하기 위해 마트에서 뒤엉켜 쟁탈전을 벌이는 미국인들의 모습은 우리와 거리가 먼 모습이다. 세계적 군사력을 자랑하던 강대국들이 코로나의 피해가 더 심한 것은 아이러니하다. 선진국들의 열악한 건강보험은 막대한 군사비 지출과 무관하지 않을 것이다. 부국이자 개방사회로 알려진 유럽의 속사정도 들여다보면 사회적 혜택을 골고루 나누는 공존·공생이 아니었음을 보여주고 있다.

그들 내부에 인종, 종교, 난민 등 이질적 집단을 차별하는 제도적 칸막이가 쳐져 있다는 점이다. 공중보건과 공공의료 시스템은 선진국의 중요한 조건이다. '요람에서 무덤까지'라는 구호로 세계를 지배하고 호령했던 미국을 비롯한 소위 의료 선진국들이 코로나로 인해 암울한 죽음의 땅으로 변해가고 있다. 의료 선진국 모습이 아니다.

송민석 순광보다 역광이다

코로나 이후의 세상은 크게 달라질 게 분명하다. 기존 질서가 해체, 재정립되는 세상이 다가오고 있다. 이번 코로나 사태는 어느 특정한 지역이나 계층의 문제가 아니라 지구의 모든 분야를 아우르는 문제라는 점에서 총체적 변동의 시기가 될 것이다. 바이러스로 인하여 과거의 일상을 잃어버렸고, '뉴노멀'이라고 하는 새로운 일상을 경험하고 있다.

만물의 영장이라는 인간 앞에 눈에 보이지도 않는 바이러스가 온 세계를 쥐락펴락하고 있다. 어쩌면, 자연의 섭리를 무시하고 경제력과 군사력을 앞세워 겁 없이 날뛰던 인간의 오만함을 질타하는 것이 아닐까 싶다.

사회적 거리 두기가 코로나 예방의 길이라면 어쩔 수 없으나 이웃 간 단절로 인한 삭막함에 대한 우려는 여전히 풀어야 할 과제로 남는다.

이제 감염병은 모두의 문제이며 어느 한 나라가 안전하지 못하면 지구촌 모두가 안전하지 못하다는 것을 경험하게 되었다. 국경 차단만이 능사가 아니다. 팬데믹과 같은 감염병 범유행 시에는 국가 간 소통과 협력을 바탕으로 한 새로운 국제 질서가 필요함을 일깨워 주고 있다. 자국 우선주의를 내세우며 각자도생의 길로 간다면 일류의 미래는 없다는 것이 코로나바이러스가 인간에게 전하는 메시지다.

(2020. 7. 25)

# 인구절벽 대한민국

　오늘의 7080세대가 태어나던 시절은 부귀다남의 시대였다. 농사 기술이 발달하지 않은 농경시대에 생산력을 결정하는 중요한 요소는 노동력, 그것도 남성 노동력이었다.

　그 때문에 여성에게 다산, 다남이 강요될 수밖에 없는 조건이었다. 부부의 베갯모에 부귀다남(富貴多男)이란 글씨를 수놓아 아들 많이 낳기를 권장했던 시절이었다. 아들이 하나 더 생기면 그만큼 일손이 느는 것을 의미했고 노후를 아들에게 의존했으니 자식 없는 설움은 최악의 불행이었다. 1960년대까지는 비록 먹을 것이 부족해도 출산을 곧 축복으로 받아들인 세월이었다.

　나는 8남매의 맏이로 춘궁기가 되면 심한 보릿고개를 겪는 시골에서 태어났다. 부친은 독자였으나 7남 1녀의 자녀를 두어 증손주까지 모두 60명이 넘은 자손을 두고 88세에 작고했다. 모친은 94세에 별세하였으니 장수 집안인 셈이다. 한국전쟁

이후 집집마다 그렇게 아이를 많이 낳는 것을 당연하게 여기던 시절이었다.

한 여성이 평생 출산하는 아기의 수를 '합계출산율(출산율)'이라고 한다. 출산율은 1960년 초까지는 6.0명을 넘었으나 2022년 출산율은 0.78명으로 세계 최하위 국가가 되었다. 현재의 인구를 유지하는 데 필요한 출산율을 유엔은 2.1명으로 추산하고 있다. 대한민국은 세계에서 유일한 출산율 0명대 국가가 되었다.

우리에게 익숙한 '58년 개띠'는 100만 명 넘게 태어났으나 2022년생은 24만 명으로 줄어들어 인구 재앙이 현실화하고 있다. 인구 부족으로 지구상에서 가장 먼저 사라질 나라로 한국을 꼽았다는 영국 '옥스퍼드 인구문제 연구소'의 전망이 허황하게만 들리지 않는다.

국토의 12%인 수도권에 전체 인구 50% 이상이 몰려있는 지나친 인구 쏠림 현상이 바로 지방 소멸의 원인이다. 이대로 가다간 수도권과 지방에서도 대도시만 살아남는 극한사회로 치달을 것이다. 지방 소멸은 우리 사회의 붕괴를 의미한다. 시급한 건 도시의 아파트 공급이 아니라 인구 분산 정책이다. 지역 균형 발전은 우리 사회의 명운이 걸린 문제다. 지방이 살아야 대한민국이 산다.

1960년 52세였던 우리나라 평균수명은 2008년 80세가 되었다. 지방으로 갈수록 젊은이들은 떠나고, 고령화에 따른 죽음이라는 마지막 잔치를 둘러싼 산업이 활발하게 진행 중이다. 한때 예식장이었던 곳이 장례식장으로 바뀌고 큰 건물은 대체로 요양원으로 바뀌고 있다.

아기 울음소리가 끊겨버린 인구절벽의 지방에서 우리의 삶도 소멸할 수밖에 없다. 오죽하면 "우리 동네 아이가 태어났어요"라는 현수막이 걸리겠는가.

인구 감소로 외국인 계절노동자가 아니면 우리 농촌은 당장 지탱하기 힘들다. 그들이 우리를 먹여 살리고 있는 셈이다. '농자천하지대본(農者天下之大本)'이라는 말이 무색하다. 우리 농사가 외국인들에게 매달린 지 한참 지났다.

인구 절벽 시대, 7080세대의 눈으로 보면 만감이 교차한다. 식량이 모자랄 때 먹을 입만 늘어나는 다산(多産) 시대의 배고픔과 오늘의 윤택한 생활 속에서 저출산이 극단적으로 대비되기 때문이다. 나라가 앞장서서 "아들딸 구별 말고 둘만 낳아 잘 기르자"라는 구호가 엊그제만 같아서 격세지감이 느껴진다.

인구 절벽과 지방 소멸로 국가 존립을 위협하는 경고음이 쓰나미처럼 몰려오고 있다. 출생아 감소 쓰나미는 우리 교육계를 쑥대밭으로 만들 것이다. 출생아 수가 40만 명대에서 20만 명대로 급감하면서 10년 후 초등학생 수는 절반으로 줄어들게 된다. 인구절벽의 첫 번째 신호탄은 교육대학교 졸업생 임용 대란이다. '벚꽃엔딩'에 비유되는 "벚꽃 피는 순서대로 대학이 문을 닫는다"라는 대학가의 자조가 이제 현실로 다가오고 있다.

(2023. 3. 22)

제 5 부 한 번쯤 간이역에 내리고 싶다

소호요트경기장(여수)